AF366109

El diablo en su escondrijo

Primera entrega de
PERFIL PSICÓPATA

El Diablo en su Escondrijo. 2ª Edición, 2017.
© **Alma Diego.**
©**Alma María De Diego Jiménez.**
Diseño de portada: Alma María De Diego Jiménez con fotografía ©Alma Diego
(Alma María De Diego Jiménez).
ISBN: 978-84-617-6602-4

ALMA DIEGO

EL DIABLO EN SU ESCONDRIJO

PRIMERA ENTREGA DE PERFIL PSICÓPATA

1

Conduce Víctor, Santi ocupa el asiento del copiloto y atrás, en la zona de carga de la furgoneta, entre sacos de cemento, palas y una escalera que no para de hacer ruido, Jesús apoya su espalda contra la chapa mientras los baches le recorren la columna vertebral. Sonríe a desgana porque al final siempre es él quien viaja en la peor circunstancia.

—¿Qué? ¿Te mola la chatarra, eh, Jesús?

—¡Vete a tomar por el culo! Joder… ¿Qué coño es esto?

Intenta ponerse de cuclillas y con una mano palpa el metal sobre el que segundos antes se asentaba su trasero. Sus colegas no le quitan la vista de encima, expectantes y divertidos le vigilan por el retrovisor.

—¡Me cago en la puta!

Entre sus dedos, muestra capturado un clavo de unos cinco centímetros de largo.

—¡Me lo he clavado en un huevo!

La cabina de la furgoneta estalla en carcajadas. Víctor se enjuaga las lágrimas. Está rojo, de algo le viene eso de que le llamaran "Tomate" de pequeño.

—¡Dándole al sado, tío!

—¡Hijos de puta! ¡Tú, cabronazo, podrías limpiar esto un poco si sabías que me iba a subir!

—Perdona, tío,—contesta Víctor entre risas— tienes razón, no sé en qué pensaba. Ahí, debajo de la escalera, tienes la hoja de reclamaciones. ¿Qué clase de billete era el tuyo? El SUPRA, ¿no?

—¿Ese no es el que llega clavao a su destino?—se cachondea Santi.

El momento de distensión es interrumpido por el clavo, que atraviesa propulsado la rejilla y rebota en la luna delantera, dejando una pequeña muesca.

—¡Tú! ¡Gilipollas! ¡Cómo me rompas el cristal me pagas la factura, cabrón! ¡Además de la somanta de hostias que te llevas!

Santi interrumpe la disputa.

—¡Eh! ¡Eh! ¡Ahí está! ¡Callar, joder!

Le adelantan despacio. Al pasar por su lado, Santi pega la cara al cristal de la ventanilla. Da la sensación de que pretende olfatearla. Al igual que en las mañanas anteriores, el vado del hotel está vacío.

Encajan la furgoneta sin parar el motor, justo un cuerpo por delante de ella. Santi abre su puerta y como están pegados a la acera, cuando Mónica repara en el vehículo, da un paso atrás para evitar que la golpee.

Jesús corre la lateral, se abalanza sobre ella y le tapa la nariz y la boca con un pañuelo. Mónica tose un par de veces y pierde el conocimiento.

Tres cuartos de hora después, lo único que se escucha es el traqueteo de la escalera. Dejan El Escorial atrás y comienzan a ascender el Puerto de la Cruz Verde, camino de la cabaña.

A la altura de la tercera revuelta, a Víctor le encanta contemplar su pueblo, Álamos, cobijado a la izquierda del gran coloso de la sierra madrileña y al que se accede a través de un desvío casi oculto. Le divierte pensar que su pueblo es una especie de fantasma que solo se revela a sus habitantes.

De hecho, no hablan de él ni las guías turísticas ni los mapas de carretera, que a lo sumo, lo señalan como una pedanía.

—¿Cuánto dura el efecto de la mierda esa?

Lo pregunta Santi, casi susurrando, mientras mira por el retrovisor a su colega que sujeta atrás a la chica y no se ha atrevido a levantar su enorme mano del saco con el que le cubren la cabeza, pero la respuesta espera recibirla de Víctor.

—Es solo un Valium Forte de fabricación casera…Lo probé con el chucho de mi tía, *el Tommy*, y el hijoputa durmió unas dos horas. Le despertaron los ladridos de los otros perros de la jaula, pero siguió atontao otras tres.

—Vale. Pues para, que me estoy meando.

Víctor se echa a un lado de la calzada, baja del vehículo y abre la corredera.

—Jesús, sal que te dé el aire…Y sácala a ella también. Le quitas el saco.

Jesús obedece y carga con el cuerpo inconsciente de Mónica. Una vez fuera, la tiende en el suelo. Víctor libera la cabeza del saco con la mano que no sostiene el cigarro.

Un hilo de vómito cae por la comisura de la boca de la chica. Acerca el oído a su nariz y al comprobar que respira, se lo restriega con el pulgar.

El pitido del móvil le alerta de que ha recibido un WhatsApp. Lo lee rápido.

—Como siempre. Sin problemas.

Santi termina de mear y se sacude despacio, atento a la carretera.

—Vámonos, viene un coche.

Vuelven a ocupar sus puestos en la furgoneta. Por el retrovisor central, Víctor observa cómo Jesús sujeta la cabeza, de nuevo cubierta, de Mónica.

***

La cabaña de los apeos espera al fondo de la primera parcela que uno se encuentra en el ascenso del puerto. La familia de Víctor se ha visto enredada continuamente por intentos de desahucios que con los que la Comunidad de Madrid pretende que pasen a formar parte del resto del paraje protegido, pero resisten y asumen la lucha como una especie de legado del que sentirse orgullosos.

Como una madre que no se acostumbra al vuelo de sus polluelos, quizás una novia abandonada a la que se regresa, les abre sus brazos en forma de cancela y les recibe, generosa.

En sus ochenta metros cuadrados, celebraban los cumples cuando eran unos críos, los primeros botellones y los escarceos sexuales. Allí fue donde Víctor llevó a Nuria aquella noche, en fiestas, volviendo a casa sola.

—¡Nuri! Sube que te llevo a casa.

—Joder, Víctor, me has dado un susto de muerte. ¿No aguantas tampoco?

—Uno ya no está para ciertos trotes.

Mientras se sube al coche le cuenta que está muy cansada y que Óscar prefería quedarse a la vaquilla, que ella ya no puede con tanta fiesta.

—Ya… Mira, yo me pasé anoche y hoy no puedo con mi alma…

—¡Son los malditos treinta, tío!

—Ya te digo —se vuelve hacia ella y la recorre con la mirada— Tengo que recoger unas cosillas en la cabaña para la barbacoa de mañana. ¿Te importa que nos pasemos? Mañana me va a dar una pereza que te cagas…

—No, claro…Ya qué más da.

De camino, hablan de lo mucho que había cambiado la peña, que ya algunos eran padres, que él, incluso, estaba buscando un cabezón con Maite y que luego ya se casarían, o no, que eso del matrimonio es un timo.

—¿Te acuerdas cómo nos molábamos de canis?—le pregunta.

—Bueno, tampoco tanto…nos enrollamos un par de veces y para de contar –contesta ella.

—¿En serio? ¿Solo un par de veces?

—Pues claro, fue el año en que nos dio por hacer el botellón donde el Cabra y nos volvíamos juntos a casa. A lo mejor fueron tres veces…pero no más…yo luego empecé con Antonio.

—¡Joder, tía, es que has estado con todos!

—¡Mira quién fue a hablar!

Y ríen.

Al llegar, Víctor le dice a Nuria que pase. Abre la puerta e improvisa una reverencia. Nuria, divertida, entra delante de él, al volverse para pedirle que encienda alguna luz, escucha:

—Bájate los pantalones.

—¿Qué dices? ¿Qué coña es esta?

—Una de muy mal gusto. ¡Bájate los putos vaqueros!

La empuja contra la pared y atrapa su mandíbula con la mano izquierda, con la derecha le desabrocha el pantalón.

—Víctor, tío, no jodas.

—¡Qué poco acertada, Nuri!

—Si me haces algo que sepas que no es consentido. Lo voy a contar.

—Ah, ¿sí?—pasea su lengua caliente desde la comisura de sus labios hasta un párpado—¿Qué va a pensar tu maridito de que te hayas venido aquí conmigo? Vamos, Nuri, sé buena y esto habrá sido un polvo entre colegas.

Nuria mira al techo de la cabaña, descascarillado como su vida desde que ha optado por subirse al coche con Víctor. Llora. Eso le excita aún más. Tiene los vaqueros oprimiéndole los muslos y la mano violenta de Víctor le ha corrido las bragas. Le da la vuelta, presiona su cabeza contra la pared y se la mete por detrás.

Los labios le saben a cal antigua y sucia.

—Seguro que el marica de tu marido no te folla así.

Cuando acaba, la lleva a casa, según lo pactado.

* * *

De vuelta al presente, Víctor abre la puerta de la parcela y hace una señal con la mano que indica a Santi que ya puede entrar. Permanece de pie, estático. Una vez que el vehículo avanza hacia el interior, vuelve a echar la llave y refuerza el cerramiento con una cadena gruesa, tres vueltas, un candado. Contempla los alrededores, no como un delincuente que teme que le vigilen, sino como el hombre tranquilo que llega por fin a su hogar.

Santi se apoya en la puerta la cabaña, sostiene el móvil en la mano, llama a alguien. Enfrente está Jesús, carga con Mónica cuya cabeza oscila aún envuelta en el saco. Mientras se encamina hacia sus amigos, piensa en lo distintos que son los dos, uno metódico y elegante, un poco pijo de mierda, la verdad…El otro es su amigo del alma, crecieron juntos en el pueblo, un bruto leal con un extraño talento para hacer el mal.

Llega hasta ellos con paso calmado, mete la llave en la cerradura, abre. Mientras conecta el cuadro de la luz, escucha la conversación que Santi tiene con su chica.

—Sobre las siete más o menos… hemos parado para comer algo…va, no creas…la que esperábamos…Sí…ya…me hace, me hace…esta noche te veo entonces…un beso…yo también.

El cuerpo de Mónica se yergue de repente, parece un espantapájaros que cobra vida, intenta zafarse de los brazos de Jesús. A este se le pone cara de haber visto al demonio mismo: tieso, con las piernas abiertas, sosteniéndola. Mira a Víctor pidiéndole la orden, la indicación precisa.

Su general pilla una de las planchas de madera apiladas detrás de la puerta, se sitúa detrás, toma recorrido con el largo de sus brazos y ¡ZAS!

—¡Tío, ten cuidado! ¡De otro así te la cargas! –advierte Santi al tiempo que se agacha a la altura de Mónica y retira el saco.

Acerca su nariz a la nariz de Mónica para comprobar que aún respira.

—Llévala a la habitación.

Víctor y Santi siguen a Jesús y una vez que este tumba a la chica en el camastro que habita el cuarto junto a una mesilla destartalada, el primero se agacha junto a Mónica, incorpora su cabeza y con una mano oprime sus carrillos hasta crear una «O» en sus labios flojos. Santi tiene una pastilla diminuta entre los dedos.

—Mejor ábresela a lo bestia. Hay que asegurarse de que la traga.

Cada una de las manos pesadas de albañil se agarra a sendas mandíbulas de la chica y abren la boca dejando a la vista la totalidad del acceso, incluyendo la garganta, Santi deposita allí la diminuta pastilla y vierte un poco de agua que llevaba en un vaso.

La chica empieza a toser y los tres retroceden vigilantes, pero no se despierta. Babea un poco y cae despreocupada sobre el colchón. La dejan allí y se largan tras asegurar con un candado la puerta.

2

La siesta era sagrada en Álamos, incluso en fiestas, los escándalos se interrumpían y los toros no daban comienzo hasta las 18:30, todo para preservarla. El silencio agujereado de vez en cuando por el silbido de una culebra o la curiosidad de una cotorra común entre la maleza, acompañaban al sol tiñendo las cuestas del pueblo de un amarillo pesado que poco tenía que ver con sus amaneceres gélidos.

Hecho de piedra y con acentuadas cuestas, algunas casas parecían tener pies con los que pisaban las faldas de la de al lado, todo en un afán de competir por la ubicación más enajenada.

No era pues una villa memorable ni encantadora, sino el pueblo que se deja en herencia a las generaciones venideras para que lo llenen de aburrimiento o bullicio, según se dé el caso.

En el cerro más elevado, Marta fumaba su peta alucinante, eternizando las caladas hasta quedarse amodorrada, disfrutando del cosquilleo intenso y casi sexual que la recorría el bajo vientre.

Cerraba los ojos, estiraba las piernas y postraba la espalda contra la roca, solo entonces se esforzaba en entender el funcionamiento de los elementos complejos, a saber: una gota de agua, un paramecio, el bosón de Higgs, la magnitud de la locura de los hombres, el canibalismo de los sentimientos, la rana toro…

—Esta noche podríamos pasarnos por el Trena. Me apetece un poco de mambo.

Ruti meneaba sus enormes tetas enfundadas en una camiseta de Garfield que deformaban al popular gato hasta impedir reconocerlo. *¿Cuándo coño ha llegado esta tía? ¿Y qué hace mi truja en su boca? ¡Suelta mi porro de la siesta!* Pero en lugar de protestar, juntó las manos sobre el estómago, una sobre la otra y pasó de hablar. Si Ruti tenía ganas de mambo, habría mambo. *¡Qué otra cosa se disfruta más en este coñazo de pueblo que un buen pedo y con suerte un poco de folleteo furtivo! No, señor, en presencia del petita alucinante no se lleva la contraria a nadie.*

—¡Mira! ¡Mira, tronqui! Santiaguito con el subnormal de "Miniyo". Ese sí que tiene un polvo…como baje esta noche me lo hago.

—Tiene novia. Se casan la semana que viene.

—Ya. Pero como le deje solo no respondo. Ñam, ñam…

—¡Qué asco, seguro que vienen de caza los muy hijos de puta!

Esa noche llegan al Trena a eso de las doce, después del cafetito en el bar de Míguel. Como de costumbre, Ruti se iza de puntillas para estudiar el personal del local. Marta la observa y se pregunta qué extraña energía hace que aún sean amigas, pero la tiene cariño y es seguro una de las personas más divertidas con las que se ha topado en su vida.

—¡Vamos, tía! ¡Esta noche pillamos!

Reconoció en Ruti la mirada animal que le hacía acabar las noches en coches de desconocidos y lavabos, esa misma que asomaba aquella tarde aburrida de Semana Santa, en la que le propuso montárselo juntas.

—¿Qué dices, tía? ¡A mí no me va ese rollo!

—A mí tampoco, pero es para ver qué pasa.

Le dice mientras le pone una mano en un pecho y se lo acaricia lentamente, apretando un poco.

—Pues qué va a pasar…que lo mismo follamos...

—¿Tú crees que follaríamos?

—Yo lo que creo es que eres un poco ninfómana.

—¿Eso es posible?

Pega su cuerpo al de Marta.

—¿El qué? ¿Tu ninfomanía?

—No. Lo de «un poco».

La otra mano de Ruti se cuela entre sus muslos, Marta da un respingo y se libera del acoso con un manotazo.

—¡Para, Ruti!

Ruti rompe a reír.

—¡Era coña, tía!

Se levanta de la cama en la que veían la tele y se planta en la puerta de la habitación de una zancada.

—¡A mí solo me van los rabos! ¡Dios, qué coñazo de tarde!

***

—Bueno ¿Y quién hay?

Pregunta Marta a su amiga que pelea por mantenerse en las puntas casi redonditas de sus pies.

—¡Ni puta idea! ¿De verdad crees que veo algo? Vamos a la barra. Allí hay mejor panorama.

De camino, César le da un toque en la cintura y le planta un par de besos.

—¿Qué tal, preciosa? Tómate algo. Te invito.

—Eh…no, gracias. Aún no sé qué tomar. Dame tiempo.

Ruti sin embargo no tarda en expresar sus deseos.

—Yo quiero un vodka, el que haya…con lo que sea.

—La invitación es solo para una.

—Pues ya está. Un vodka con lo que sea.

—Para tu amiga.

—¿En serio?—Mira a Marta con sorna—¡Pues entonces que te den por el culo! ¡A mi amiga la invito yo!

Marta recibe un azotito de su escudera y se marchan.

—Un Bombay Tónica y para mí lo de siempre.

—Pago yo.

—¡De puta madre! Esto es por librarte de Cesitar, ¿no?

—Es más bien para que te quites del medio la próxima vez…

—¡Calla que viene mi presa!

Lo dice mientras apunta con su barbilla a Santi que entra de la mano de su novia.

—Hoy lo tienes jodido…Viene con bicho.

—¡Ya veremos!

César y Álvaro ven aproximarse a su amigo con su novia y temen que la parejita sentencie la noche como pequeña, diminuta, pero tienen que fingir que se alegran del encuentro, así que sonrisas y apretón de manos.

—¿Qué tal la cacería, tío? Te he llamado esta mañana y me ha dicho tu madre que te habías ido con los fulanos estos.

—Al final ha caído la jabalina a la que echamos el ojo el otro finde. Víctor y Jesús se han quedado en la cabaña para lo de la matanza. Si os parece, vosotros os encargáis del reparto. ¿Hace?

—Claro, tío, perfecto, como siempre. ¿Para cuándo lo tiene?

—Preparan todo entre esta noche y la madrugada. No creen que les lleve mucho, ya os dirán entonces.

Elvi, la novia de Santi, aún cogida de la mano de su prometido, sonríe con cara de circunstancia.

—No sé cómo podéis cargaros así a un animalito. —La ignoran— Cari, pídeme un vasito de agua con un hielo.

Santi marcha hacia la barra a cumplir con su encomienda.

La noche no da más de sí tal y como predijeron con su llegada.

***

La puerta del patio porteándose la despierta. Elvi se incorpora de un respingo y grita, mira a Santi que sigue a su lado en la cama, con los ojos cerrados, aunque está claro que despierto.

—Son estos…

Por las escaleras se escuchan pisadas atronadoras que Santi ha reconocido como de sus amigos viniéndole a buscar para llevarle a su despedida. No imaginó que le fueran a pillar en la cama con Elvi.

—No irán a entrar…

Unos quince energúmenos irrumpen en lo que había sido un plácido dormitorio y vocean dirigidos por Víctor.

—¡Novioooo! ¡Te casaste! ¡La cagaste!

Elvi sigue en la cama, se tapa como puede estirando de una de las puntitas de la sábana, mientras los cánticos hacen que las paredes se estrechen y la habitación parezca un cubilete en el que el oxígeno escasea y el poco que queda se corrompe con el aliento a vino y la temperatura de cuerpos sudorosos y malolientes.

Su prometido se ha transformado en un pelele en calzoncillos y empalmado por aquello del despertar, para empeorarlo, luce una sonrisa de gilipollas.

—¡Nos llevamos a tu novio, Elvi!

Los quince se abalanzan sobre la cama cual si conformaran un único cuerpo de bestia descomunal y la prometida sale escupida al suelo. Está desnuda pero ninguno repara en ello.

Ahí se queda, parece el deshecho de una comilona, la que se está dando la mole de piernas peludas, manos sudorosas y grandes que se tocan, pellizcan y forcejean. Elvi se levanta, coge su ropa de la silla próxima a la ventana y se va.

Diez minutos después, sacan al novio cargado por la manada, sigue en calzones y sigue empalmado, ahora le copa una peluca verde, rizada. Cada veinte pasos le mantean, luego le chorrean con vino. Todos cantan *Lolololololololo-lolololololololo…*

De camino al pilón, la gente del pueblo se aparta, las mujeres que son madres sonríen orgullosas, mientras que las abuelas que son madres de estas mujeres, demuestran su sopor ante las tonterías ancestrales de los hombres.

Marta y Ruti desayunan en las escaleras del Ayuntamiento cuando les sorprende la comitiva: bollos de la Pantera Rosa y un brik de horchata, pocos manjares se le aproximan.

—¡Mira, ahí llevan a tu sex-simbol!

Sin escuchar a Marta, Ruti se pone en pie de un salto, se lleva dos dedos a los labios y silva como un cabrero. Da brinquitos que hacen que su cuerpo rechoncho palpite hacia los lados y rebote de arriba a abajo. Se mete el bollo rosa en la boca y con las manos libres da vida a dos pares de cuernos regordetes y vacilones. Se gira hacia Marta, la mira abriendo mucho los ojos y le grita:

—¡Uflufo caemión forero!

—Ya, tía…ya…

Con un par de brinquitos más, Ruti se une a la cola de la procesión y anima a Marta.

—¡Al pilón con el novio! ¡Vamos tía!

Resignada, recoge las pertenencias de su amiga y la sigue. Ruti le echa un brazo por el hombro y continúan saltando.

Al llegar al pilón, se encuentran con el grupo de los quintos que les han cogido la delantera y juegan a meter a sus muchachas, las quintas, en el agua, no sin antes haberlas remojado de cerveza.

Las jóvenes gritan mientras anudan sus camisetas por encima del ombligo, las más atrevidas optan por quitárselas y lucen sus sujetadores. Cuando ven llegar al pelele con peluca, los que están en remojo salen del agua y se sitúan en corro alrededor del pilón.

Señalan, ríen, unen sus fiestas. El novio acaba en el pilón y todos se divierten como si el espectáculo fuera nuevo y sorprendente. Las chicas se muestran más cohibidas y reculan despacito. Las que se habían quitado sus camisetas se las ponen de nuevo.

Marta se acerca a una de ellas y bebe de su mini.

—¿Tu hermana se ha ahogao o qué? No la veo…

—Se supone que está de camino. Le quedaba por saber una nota y ayer se pasaba por la facul.

—Dile que me llame. Un buen profesor nunca se olvida de sus pupilos—vuelve a beber con gesto de sorna.

—Ya…y menos cuando hay que costearse el veranito, ¿eh?

—Lástima que tú pillaras letras puras. Tenía el ojo echado a unos cuantos caprichitos tecnológicos. Solo tú eres la culpable de mis penas.

Uno de los quintos aparece por detrás y coge en brazos a su interlocutora. Se la lleva en pequeños tambaleos hasta llegar al pilón y lanzarla. Marta espera a que saque la cabeza del agua.

—¡Dile a Mónica que me llame! ¡Y gracias por el mini!

Se marcha. Ni siquiera busca a Ruti. ¡A saber a quién se ha arrimado!

3

Nunca le han gustado las strippers. Se pone demasiado nervioso y no termina de empalmarse.

—¡Concéntrate, Santi! –le gritan

—¡A ver si es que te teníamos que haber traído al enano!

Santi cuenta interiormente y reza para que se le ponga tiesa. Ella va disfrazada de enfermera y sus pechos son enormes y sudan. No es especialmente atractiva pero se mueve como Dios, siempre que Dios se dedicara a estos menesteres. Se abre de piernas y se le sienta encima, dándole la espalda. Frota su culo contra su pene aún inerte y se levanta como un resorte. Se gira furiosa.

—¡Parar la puta música! ¡Yo así no puedo trabajar! ¿Qué coño te pasa? ¿No te van las tías?

Santi la mira fijamente y le pone una mano en el culo.

—Lo siento, he bebido demasiado. Estás muy buena pero no es mi noche.

La enfermera se siente despechada. Es una profesional y no tolera que la traten como a una novia corriente.

—¡Vete a tomar por el culo!—Se gira hacia Víctor que permanece silencioso en la primera fila— ¡Tú! ¡Págame! ¡Me largo!

Víctor abandona su posición en el corro, sereno y en silencio. Se aproxima a la stripper y le coge con suavidad de un brazo. La mira de soslayo, desde abajo, ladeando la cabeza, arqueando una ceja. Avanza apenas unos pasos en dirección al servicio de caballeros y la invita a pasar con un gesto galante.

Ella accede pensando en que busca intimidad para el pago, pero antes de que dé el primer paso, le suelta un puñetazo que la deja de rodillas en el suelo. Le agarra del pelo para levantarle la cara.

—¡Zorra, no hables así a mi colega!

Todos presencian la agresión, atrás, en círculo alrededor del homenajeado, pero salvo alguna tímida protesta apenas audible, nadie hace nada. A la chica le sangra la boca.

—¡Pide perdón por bailar como el culo! ¡Tú no se la pondrías tiesa ni a un retrasado mental!

Se gira y busca los ojos de su amigo, sentado en su sillita, no tan sorprendido como quizá conforme, vengado, capaz ahora.

—A mi amigo no le ponen tus bailecitos y nosotros te hemos llamado para que le pongas muy bruto.

De un tirón seco la arrastra hasta donde se encuentra Santi y de otro estampa su cara contra el paquete de su amigo que ha conseguido excitarse. Intenta zafarse.

—¡Yo no hago ese trabajo! ¡Haber contratado una puta!

—¿Y qué coño eres tú, Ministra de Educación?

Vuelve a mirar a Santi.

—¡Sácate la polla!

A pesar de que el corrillo permanece mudo, más de uno luce una expresión cercana a sentir que ha pagado por el espectáculo que se promete.

Santi está muy cachondo. Se baja la cremallera y su pene erecto se restriega contra la cara de ella. Víctor se ocupa del resto, manejando su cabeza como si fuera un joystick. Se escuchan aplausos, silbidos, gritos de ánimo.

César se desmarca del grupo de espectadores y le da un golpecito en el costado a Álvaro.

—Yo me piro, tío.

—Te acompaño. En cualquier momento nos dice el cabrón este que arranquemos el coche y salgamos pitando a repartir.

Ya en la calle, caminan sin hablar. Ambos fuman. La noche es agradable y aún es pronto. No les apetece meterse en la cama, al menos solos.

—¿Nos tomamos la última?

—Venga.

En el Trena se han concentrado esa noche los quintos, tras el bautizo del pilón y la cena acostumbrada. Está lleno de críos, así que no es difícil distinguir a Marta que habla con un grupo de jovencitas.

—Pero si he visto a su hermana en el pilón y me ha dicho que estaba de camino…

—Sí, tía, pero la esperaban en el coche de las ocho y no ha aparecido. Le han llamado al móvil y no contesta…menuda movida…su padre dice que la mata cuando aparezca.

—¿Pero os había comentado algo? Yo qué sé…alguna escapadita con un tío…

—¿Mónica? Qué va…si solo vive para sacarse su maldito título…prácticamente dejó de venir al empezar la facultad, joder, tú lo sabes…

—Ya, pero es tan raro. ¿Han ido a comisaría?

—Sí, pero Lucio dice que hay que esperar al menos 24 horas, por si se ha ido ella de propia voluntad. Yo qué sé…es muy raro. Mónica nos hubiera avisado, no es de las que desaparece sin decir nada, por lo menos a mí me lo hubiera contado, ¡estamos todo el día juntas!

—Bueno, tranquila, se habrá ido a celebrar las notas y ha descontrolado un poco. Ya veréis como dentro de nada está por aquí. Te dejo, guapa, que me hago pis.

—Pues sí…vamos a pensar eso…

Al chocarse con César, ambos saben que no ha sido casual. Se miran fijamente. A Marta se le mueve algo en el estómago cuando se tocan en ese pasillo tan estrecho. Se gira para enganchar de nuevo su mirada mientras empuja la puerta del servicio.

Está acalorada y abre el grifo, al ir a acercar su mano al chorro de agua, la de César la atrapa y siente cómo le besa el cuello presionando, le muerde. Las dos chicas que perdían el tiempo delante del espejo abandonan el lugar sin pensarlo.

Marta siente el miembro duro de César palpitando en su cintura, se da la vuelta en busca de su boca. Las manos de él trepan por su falda pellizcando su culo, se multiplican y la sientan con fuerza en el lavabo. Penetran entre sus muslos y llegan a las bragas, un índice poderoso se abre camino y las aparta, ya en su clítoris se toma su tiempo.

Frenan, respiran y se mordisquean los labios. Marta balancea sutilmente la pelvis para acoger a su inquilino y disfrutar de tan plácidos quehaceres. Es cierto que la puerta del baño parece abrirse y cerrarse infinidad de veces, pero ni le intriga ni le molesta.

La lengua de César recorre ahora los lóbulos de sus orejas, un lateral de su cuello, mientras que el afanado índice sigue buscando cobijo en su caverna.

Ella cierra los ojos. Saborea.

Un tirón enérgico reclina su cabeza hacia atrás y la obliga a mirarle. Se piden más. En brazos la introduce en una de las cabinas, ese golpe fuerte era su espalda contra la puerta. En apenas décimas de segundos, echa el cerrojo.

—¿Qué pasa? ¿Te has vuelto púdica?

Se da la vuelta, lo aparta y se sube la falda hasta la cintura. Se pelea con sus bragas hasta que caen al suelo. Empuja el cuerpo de César contra el retrete y se le sienta encima.

Sin dejar de mirarle, se mueve para acomodar a su pene que se introduce lento y educado.

Ruti echa de menos a su compañera desde hace un buen rato, es por eso que ha ido al baño, ha empujado la puerta y la ha oído gemir de placer. Ha brindado por ella y ha vuelto sola a la barra.

***

Le llueven palmaditas en el cuerpo al novio despedido, a pesar de que la muchedumbre del principio se ha convertido poco a poco, en un reducto de íntimos.

Cuando se corrió pudo ver a Víctor cómo se llevaba a la stripper del pelo, arrastrándola hasta el baño.

—¡Enjuágate y sigue con ésta, zorra! Ahora sí que me has puesto cachondo.

La stripper se inclina sobre el lavabo y mete la cabeza en el chorro de agua fría, moja sus labios y cae en el suelo. Víctor la agarra de nuevo y libera su miembro, que erecto se asemeja a una fiera que olisquea ansioso su desayuno.

Cierra los ojos para concentrarse, pero lo que siente es una pasta caliente que le obliga a abrirlos. La stripper ha vomitado sobre su gloriosa polla.

—¡Hija de Satanás!

La empuja. Suena su móvil. Lo saca del bolsillo y mira la pantalla. Descuelga.

—Hola.

—Buenas noches.

—Buenas noches.

—En tres horas.

Cuelga. Se mira su pene pringado. Abre el grifo y se lava nervioso, como si fuera lepra.

Vuelve a encerrar a su bestia en los pantalones y deja caer con desprecio, tres billetes de 20 euros que se quedan flotando en el deshecho.

A cuatro patas, ella sigue arrojando vómito maloliente.

—La mamada entiendo que la incluyes en el espectáculo.

La chica se apresura sobre los billetes y los abriga en su puño derecho. Aún encogida apoya la espalda sobre los azulejos fríos, aliviada.

Víctor sale y pega un silbido fuerte.

—¡Bueno, maricones! ¡El espectáculo ha terminado! ¡Me llevo al novio!

Le echa un brazo por el hombro.

—¿Te apetece postre?

Santi le mira confundido y le acompaña hasta el coche.

—¿Qué más me has preparado, cabronazo?

—(Sonríe) Me acaban de llamar. Tenemos tres horas.

—He pensado que puedes coronar la noche con un buen polvo.

—¿Estás de coña? No me convence.

—Venga, tío. La pava está bien buena. ¿Es que solo se van a aprovechar ellos?

Vuelve a dudar un instante.

—¿Qué coño? ¡Tira! Yo aviso a estos.

El móvil de César suena insistentemente. Se disculpa sofocado y le jura que tiene que contestar.

—¡Joder!

Respira hondo, se repone. Marta mantiene la posición y espera.

—Hola.

—A las seis.

—Vale.

***

Mónica no es capaz de saber cuánto tiempo lleva tumbada en la oscuridad. Se despierta y cree que está en su cama.

Escucha a su padre llamándola a desayunar, las risas de su hermana tonteando por el teléfono con algún chico. No sabe con certeza nada y no se cree nada de lo que parece suceder a su alrededor.

Es un sueño, está segura, malvado, el peor de todos los que ha tenido. Por eso, cuando afuera, una puerta de coche golpea con violencia el silencio nocturno y unas carcajadas se adueñan de la cabaña, no se inmuta, no se despierta o no se duerme de nuevo.

Se escuchan pasos cercanos y aprieta los párpados.

Víctor y Santi entran en la cabaña

—Venga, pasa, cabrón. Ya sabes dónde escondo a la princesa, no tienes mucho tiempo…

Víctor enciende la tele y Santi llega hasta la puerta de la habitación, abre el candado que la blinda y enciende la luz vaga de la lámpara.

Se detiene unos segundos a contemplar la escena y regresa enfurecido al salón entre gritos y aspavientos. Lleva un condón usado en la mano.

—¡Eres un hijo de puta! ¡Te la has estado tirando!

21

Se abalanza sobre Víctor y le engancha del cuello, este envuelve la cara de Santi con sus manos, le empuja con fuerza contra el marco de la puerta.

—¿Qué querías que hiciese, leerla cuentos para que cogiera el sueño?

Muerde sus dedos y consigue zafarse del improvisado bozal. Se miran y deciden parar, respiran muy deprisa y ambos tiemblan.

—¡No podemos hacer las cosas así! ¿Y si nos pillan?

—¿Pero qué van a hacernos? ¿Crees que les importa?

—Tío…si la cagamos…

—¡Solo tienes que entrar y follártela! ¿O se te ha olvidado cómo se folla un coño que no sea el de Elvi?

Santi retira sus ojos de los de Víctor y agacha la cabeza ladeándola de un lado a otro, sin embargo acepta la sugerencia de su amigo y avanza despacio hacia el cuarto. Entra, cierra de un portazo.

Víctor se ríe, se toca el labio, le duele. Vuelve al salón, pilla una cerveza de la nevera y se sienta en el sofá.

—¡Hijo de puta!

***

A la vuelta no hablan. Parecen una pareja sentimental recién reñida. Y es que en cierto modo lo son. Al subir la Empinada, como se conoce en Álamos a la primera cuesta del pueblo, aparecen las Casas Rurales del Alcalde.

Se han sucedido ya unas cuatro alcaldías después del que el individuo en cuestión fundara las mismas, pero como se hizo de oro con el negocio, la población decidió cederle tal título, el de Alcalde, de manera honorífica y perpetua.

Víctor baja su ventanilla para sentir el aire fresco de la mañana, pero un olor a quemado le atiza las fosas nasales.

—¡Dios! ¡Qué peste!

—Estos cabrones se pasan todo el puto verano quemando rastrojos ¡Un día van a quemar el pueblo!

—No, tío…esto no son rastrojos…

Mueve su nariz en dirección del viento, sus ojos parecen los de otra especie acostumbrada a sobrevivir de un olfato hábil.

—¡Es una de las Casas del Alcalde! (señala la columna de humo que sale de la segunda y pega un volantazo).

Acelera y se mete en el aparcamiento, la segunda casa está elevada en una pequeña colina y hoy es de color completamente negro. El humo apenas deja distinguir su segundo piso.

Víctor da un frenazo y Santi se estampa contra la luna delantera.

—¡Pero qué coño haces!

Víctor no contesta y sale del coche.

—¿A ti qué te parece? ¡Ahí hay gente, fijo! ¡Vamos, cabrón, sal!

Cuando Santi decide salir, Víctor ya ha saltado la puertezuela y sube las escaleras que conducen a la casita a extensas zancadas, sin hacer caso de los peldaños.

Empuja la puerta de madera maciza y ésta le devuelve cada golpe con una mayor resistencia.

—¡Santi!

Aún está pasmado en el aparcamiento, al lado del coche.

—¡Ayúdame!

Santi reacciona y sube, pero no es tan veloz como su amigo, en él, el estupor frena cada uno de sus pasos.

Cuando están juntos, intentan la maniobra de derribo al unísono, pero no sirve de nada. Ya apenas alcanzan a ver el final de las escaleras que ambos han dejado abajo para adentrarse en tamaño embrollo.

Víctor empieza a toser y se dobla con los brazos en jarra, escupiendo para liberarse del sabor a humo. Se levanta de nuevo y mira hacia arriba, el segundo piso está demasiado alto, además sería un suicidio intentar entrar por donde parece haber empezado todo.

Dirige la mirada hacia el perfil de la casa y descubre una pequeña ventana a un metro y medio de donde se encuentran, suspendida entre zarzas.

—¡Por ahí!

—¿Por dónde? ¿Estás grillao? ¡No te caben los pies en la puta cornisa, te caerás a las zarzas!

—¡Ayúdame, hijo de la gran puta! ¡Solo me tienes que agarrar por el brazo!

—¿Y no sería mejor que llamáramos a los bomberos?

Es cierto que la cornisa de piedra es muy estrecha, pero solo necesita impulsarse con un pie y agarrarse con fuerza al poyete de la ventana. Al intentarlo, la suela del segundo pie se resbala, le da tiempo a lanzar la mano contra el poyete. La zarza parece querer ayudarle y acolcha su llegada con ramas cargadas de espinas, pero lo logra. Colgado de la piedra, aferrado al alfeizar, siente el dolor de los pinchazos y escucha el latido de su cerebro.

—¡Cago en Dios!

Acompañado de un berrido casi bestial, trepa por la pared y logra colarse. El humo aún no ha descendido al piso de abajo con la intensidad con la que sale por las ventanas de la segunda planta, así que le permite cierta tregua.

Está en un cuarto de baño, pilla una toalla de cuerpo y la empapa en la ducha. La puerta está abierta, muestra el pasillo, avanza hasta el tiro de la escalera y la cosa se pone peor. Ya arriba, el aire pesa, apenas se distinguen las formas. Se envuelve en la toalla y se tira al suelo. Repta. Ha escuchado un grito.

Con la mano izquierda cubre nariz y boca mientras emplea la derecha para ayudarse a avanzar y palpar cada poco la pared, con el fin de localizar alguna habitación. Está seguro de que el grito no venía de lejos. Por fin distingue el vacío al final de su mano rastreadora y dobla introduciéndose en el primer cuarto, oye toser y llorar, es una mujer.

Se enrolla la toalla a la cabeza para poder emplear las dos manos. Gatea. La punta de sus dedos chocan con algo y la mujer se queja. Le toca y le dice que se calme, que van a salir vivos.

Se quita la toalla y la envuelve. La arrastra hacia atrás, intentando no perder la orientación.

Salen al pasillo y se dirigen a las escaleras, pero algo frena su camino, puntiagudo, duro, contra sus suelas. Le cogen por las axilas y le levantan. Lucha para que le suelten.

Ya afuera, consigue respirar. Santi cumplió su amenaza de llamar a los bomberos.

—Siempre que me encuentro a tipos como tú me surge la duda de si sois héroes o pirados. —Reflexiona el bombero que lo ha sacado en brazos de la casa que ardía.

Víctor se levanta a medias, vomita y se limpia la boca con la mano. Su mirada es gris por el hollín que mancha sus párpados y mejillas. Quiere contestarle, pero una carcajada se abre paso. Ríe y grita. No puede parar. El funcionario se dirige entonces a Santi.

—¡Llévate al figura de aquí y probar a hacer puenting la próxima vez!

Santi se inclina para sujetar a Víctor que se tambalea de la risa y acaba contagiándose del extraño estado de humor de su amigo. Los dos desaparecen escaleras abajo, como si salieran de una discoteca tras una noche de juerga.

4

A las 10:38 de la mañana del lunes se hizo de noche. La luna se colocó delante del sol y de este solo quedó un anillo de luz tibia. La colina del parque que ambientaba la ventana de la habitación del hospital, se llenó de curiosos que dejaban sus puestos de trabajo para ver el eclipse solar que no regresaría hasta 2027. Si no lo veían ahora, ¿de qué hablarían los siguientes veinticinco años?

Mónica estaba en la cama, recién operada de apendicitis. Su padre le agarraba la mano bien fuerte. La una era bastante quejica y el otro, consentidor y generoso. Los cristalitos con los que la gente hacía trucos para no cegarse, emitían destellos juguetones que obligaban a parpadear o a mantener los ojos guiñados.

Por el pasillo se percibía el entusiasmo de las enfermeras pasándose las gafas especiales unas a otras. Paco recordó aquella clase de Física en el colegio, cuando el aula habitada por adolescentes se convirtió en un parvulario de chavales que gritaban de emoción al ver una lunita reflejada en el folio.

Soltó la mano de su hija y quiso repetírselo. Hurgó en la carpeta de informes médicos que colgaba al pie de la cama, y con el Marca doblado a la mitad, le procuró la sombra.

—Mira, hija, ¿ves la lunita?

En los resultados de su última analítica, Mónica vio un circulito oscuro, perseguido por uno más grande y clarito que parecía resbalarse.

—¡El Sol perseguido por la Luna!

Los dos rompieron a reír, siempre sabía cómo hacerle sentir bien.

Ahora se esfuerza en mantener cerrados los párpados porque sabe que si deja de hacerlo, al otro lado no aparecerá su padre, ni aquel hospital brillante en medio de una jornada de eclipse. Pero su voluntad la traiciona y empieza a despertarse.

Lucha por volver al sueño pero ya es tarde, un hilillo de luz penetra en sus retinas y no puede evitar abrir un poco más los ojos a esa habitación en sombras, las fabricadas por la escuálida lamparita de noche, el olor a rancio y la sensación de humedad, incluso de frío, a pesar de ser verano.

Ha escuchado voces y golpes fuera, dos hombres peleando; ahora hablan bajo, uno ha abierto la puerta, la mantiene sujeta del picaporte. Entra. Se hace la dormida. Nota su presencia frente a ella, escucha las suelas de su calzado vacilando en giros cortos.

Le siente buscando algo en la mesilla. Oye una especie de goteo, le abre la boca, no ofrece resistencia, quiere que piense que está dormida. Nota algo sólido y pequeño siendo depositado en el fondo de su garganta y un chorro de agua que le sigue y empuja.

Se atraganta y abre los párpados un segundo, los cierra lo más rápido que puede. No quiere ver nada. En unos cuantos segundos que transcurren lentos, sus piernas ganan peso y la nariz se le tapona, no puede respirar y pierde el conocimiento.

***

—¿Y bien?
Ruti camina dando saltitos al lado de Marta.
—¿Bien?
Marta se sonríe pero no contesta.

—No juegues conmigo, tía. Pasé por el servicio y oí lo bien que te lo pasabas.

—Pues si lo oíste…

—Ya. ¿Pero quién era?

—César.

—¡No jodas! ¿Otra vez?

Marta no la escucha. Señala la casa de Mónica.

—¡Mierda! ¿Qué coño pasa ahí?

En la puerta está aparcado el coche de la Guardia Civil. Dos agentes salen de la casa y cuatro vecinas se cuelan veloces y se chocan con Paco, el padre de Mónica, que pretendía salir. Abatido, se abre hueco entre las mujeres y saca un cigarro del bolsillo de la camisa.

Paco fue compañero de mili del padre de Marta, le llamó para que diera clases particulares a Mónica cuando ésta empezó la universidad.

A Marta le caía bien, conectaban, de niño había estudiado con los curas y ahora se dedicaba a reventar las procesiones del pueblo. Aparcaba su coche en medio del recorrido para dar un poco por el culo al mayordomo de turno que frenaba la comitiva dando tres golpes sonoros con su vara. Discutían con fervor. Las viejas interrumpían su rosario para ponerle a parir. No movía el coche ni cuando Marga, su mujer, salía de la casa desesperada.

—¡Paco, por Dios! ¡Todos los años igual! ¡Me dejas en evidencia!

Era muy cómico presenciar las variadísimas posturas que podía llegar a adoptar el Cristo, movido por los quiebros que sus fieles costaleros llevaban a cabo con la finalidad de que no acabara enganchado en algún balcón, en el mejor de los casos, y rodando por las cuestas, en el peor.

Tal práctica le ayudó a alzarse con el sobrenombre de "Matasantos", "Paco Matasantos", que lloraba de la risa mientras se metía a su casa entre gritos.

Interrumpía también las clases de su hija, llamaba a la puerta de la habitación, guiñaba un ojo y las invitaba a descansar.

—¡En todos los trabajos se fuma!

¡Los pitis de Paco! ¡Cómo los echaba en falta!

—Ruti, tengo que hablar con Paco. Luego te llamo.

—Vale, pero me cuentas. Chau, guarrilla.

Paco la ve venir y saca el paquete de tabaco del bolsillo de la camisa, espera a que llegue hasta él. Le ofrece como de costumbre y ella acepta como siempre. Fuman y callan, son dos viejos amigos que han dejado de meterse prisa. Es Paco quien rompe la norma.

—No sabemos dónde anda la niña, Marta.

—Lo he oído, Paco. ¿Y es seguro que no es cosa de ella? Ya sabes…que ande por ahí…

—¡Qué va! ¡Ojalá! Ni siquiera se pasó por la facultad. Sus compañeros no la vieron el día que publicaron la nota…Álgebra Aplicada o algo así…ella se había quedado en Madrid solo para saber la nota.

—Joder, Paco, lo siento mucho. ¿Cuándo hablasteis con ella por última vez?

—Por la noche, estaba normal, como siempre. Deseando pillar el coche para venirse a las fiestas, este año son quintas.

—¿Qué os han dicho los guardias?

—Nada. No es asunto de ellos porque no ha desaparecido en el pueblo. El Lucio ha dicho que tenemos que poner la denuncia en Madrid que es dónde ha desaparecido, pero yo prefiero esperar, seguro que aparece con alguna explicación. ¿Qué le va a ver pasado? Nada…Esto son cosas de chiquilla…

Lucio, el teniente de la Guardia Civil de Álamos, lleva unos segundos de pie detrás de ellos.

—Siento interrumpir, Paco, pero tenemos que irnos.

—Perdona, Lucio…

Los dos se levantan del capó del coche municipal y a Marta le suena su móvil: es César. Lo de anoche fue realmente bueno, así que descuelga y queda con él en el bar de Rufo.

—Paco, tengo que irme. Mucho ánimo, ya verás como aparece pronto.

Paco Matasantos no habla, mira al suelo y fuma. Marta le hace una caricia en el brazo y allí lo deja.

Cuando llega al bar, César ya está allí. Sin darle tregua, le coge de la mano y le da un pico. Lo recibe con gusto.

—¿Qué tomas?

—Un tercio.

Rufo tarda unos segundos en servírselo y el uno esquiva los ojos del otro para no tener que hablar tan pronto. Ya está el tercio en la barra y César se lo pone en la mano. Se aproxima, la besa de nuevo, esta vez es un beso más marcado y largo. También le gusta.

—Te he visto hablando con el padre de la quinta.

—¿Paco? Ah, sí…

—He pasado al lado con el coche. Por eso te he llamado.

Marta asiente.

—¿De qué conoces a la familia?

—He dado clases a Mónica un par de veranos…Es un gran tío el Paco.

—¿Se sabe algo nuevo? ¿Aún no ha aparecido, no?

—¡Qué va! ¡Se la ha tragado la tierra!

—Bueno, seguro que aparece cuando menos se lo esperen. Andará por ahí de juerga… ¿Quién no lo ha hecho? Eso sí…luego que se prepare…

—No…Mónica no es de esas.

—No es qué, ¿joven?

—Es diferente, muy tímida. Centrada en su carrera.

—Bueno, bueno, yo no tengo entendido eso…y la he visto en faena…

Marta le mira con severidad y César bebe incómodo.

—¿A qué te refieres?

—A nada. Olvídalo.

Antes de que pueda cuestionarse el consejo, César se abalanza sobre ella, propulsado por un empujón de fuerza desmesurada. Se le cae el botellín al suelo y los cristales se esparcen multiplicados. Escupe atragantado, le salpica.

El romántico reencuentro se ha convertido en un ridículo berenjenal. Todos los del bar les miran y se ríen. El que más, Víctor, que es quien le ha metido la colleja que ha dado la vuelta a la situación.

César intenta disimular el dolor y el ridículo rebajándose.

—¿Conoces a Marta, no?

Víctor no contesta y la mira fijamente. Claro que se conocen.

—¿Qué quieres tomar, tío?

—Un tercio.

—Toma el mío, yo ya me iba.

Marta le pone el tercio en la cara, en el medio del combate de miradas que llevaban a cabo desde su llegada triunfal. Víctor recoge el guante, agarrando la ofrenda y pegando un gran trago.

—¿Te vas? ¿Cómo que te vas? No…—César suplica ridículo.

Como única respuesta le da una palmadita hiriente en el hombro. Le cabrean los tíos que follan como lobos y viven como cobayas.

Sale del establecimiento sin hacer caso a sus gritos todavía reclamándola. A la altura del pilón, le suena el móvil, es él otra vez. No contesta.

En el bar, a César aún le duele el cuello pero no quiere que Víctor se lo note, por eso permanece tieso. Un ojo, el izquierdo, le parpadea más de la cuenta.

—Esa tía es una bollera. ¿Qué coño hacías con ella?

—No lo creo…Me la tiré ayer en el Trena.

Mira la pantalla del móvil y se lo vuelve a guardar en el bolsillo. Víctor muestra su sorpresa escupiendo el trago.

—¿Sola o con la cerdita enana de la que no se separa nunca?

—Esa cerdita que dices te la chupó el verano pasado y el anterior se lo montó con Santi (ríe).

—Ya te digo… ¡No lo hace mal la muy guarra! Bueno, ¿estaba la cerdita o no?

—¡Vete a la mierda!

A Víctor le entra de nuevo la risa.

—Venga, tío, no te calientes. No merece la pena…Además, hoy estoy de buen humor. ¡Después de dos meses y pico por fin me he follado a mi mujer!

—Joder…estabas peor que yo.

—He dicho a mi mujer. La que no follaba es ella, yo me las apaño por ahí.

Choca su tercio con la caña de César. Bebe apresurado y vuelve a soltar una carcajada, parece haber recordado uno de sus mejores chistes.

—Hablando de maricones, ¿te acuerdas del cabrón de los monólogos?

—Sí.

—Le ha visto mi hermana en el Asador, —sigue riendo— ¡montando a caballo, el muy hijo de puta! Dice mi hermana que acojona verle… ¡Esta también es idiota, la pobre!

César escucha con la mirada fija en el cartel de la pared de la barra, que anuncia el cocido de los lunes.

—Por lo visto, el tío está en el curso ese que da María… el de monta para retrasados.

—Impedidos.

—¡Llámalo como quieras! ¡Rufo, ponme otro y se lo cargas al cabrón este que me he dejado la cartera en casa! ¡Yo sí que estoy impedido!—Vuelve a reír—Por cierto, ¿qué tal anoche? ¿Todo bien?

—Sin problemas. No se despertó ni cuando la cambiamos de coche.

—Ya…El Santi le dobló la dosis. ¿Qué te dijo el Quili?

—Nada, él no fue, por lo visto está en Londres. Apareció su hermano pequeño, el rubio canijo con tanto grano.

—¡Qué cabrón! Ese estudiaba Derecho, ¿no?

—¿Miguelo? A ver…como su viejo…El enano es mecánico. Lo sé porque me arregló el pinchazo en el puente del Santo.

—¡Panda de cabrones!

5

Al final solo se quedaron tres. La noche del Santo siempre prometía juerga y este invierno solo daba frío y pena.

—Bueno, ¿qué coño hacemos?—preguntó Jesús después de ojear la pantalla de su móvil. — ¡Estos cabrones dicen que pasan!

Víctor estampó contra el suelo uno de sus famosos esputos.

—Mejor, me sobran los encoñaos. Yo soy el único casado y estos maricones no hacen más que lamerle el culo a sus pibitas. ¡Me suda la polla lo que hagan!

—¿Qué tal el Casti? Hoy traían tíos de esos que te cuentan su vida…los del club ese de la tele…

—El Club de la Comedia. – Aclara César- Sí, creo que traían monologuistas.

—Me tocan los cojones los tíos esos, pero vamos para allá. En algún sitio hay que empezar a mamarse.

El Casti seguía a oscuras, como acostumbraba, no sabían si Leo lo hacía así por moderno o por ahorrador, pero las velitas alumbrando las mesas altas de banqueta le funcionaban. Todas las noches llenaba el garito.

Tal y como había anunciado Jesús, aquella noche, era noche de monólogos. En el fondo del bar, subida en el cajón que habitualmente servía de escenario de karaoke, una chica gordita y poco agraciada, daba libertad a su cerebro y lengua, mientras era aplaudida por el concurrido.

Víctor se cuadró en el umbral.

—¡Encima la pava es un bicho!

Jesús y César ríen y le siguen hasta la barra.

—A ver, hijo de puta, ¿tienes algo más que soplapolleces en este tugurio?

Leo no tiene que mirar para saber de quién se trata. Se gira despacio desde la pila, se seca las manos a desgana y una de ellas se la tiende a César.

—¿Qué tal, tío? ¿Cómo andas? ¡Cuánto tiempo!

—¡Bien! He traído a mi madre que quería visitar el cementerio.

—Muy bien. A las madres hay que cuidarlas. ¿Qué te pongo?

—Tres Bombay-Tónica.

Leo se coloca tres vasos de tubo en la mano y señala con la mirada a Víctor, sumergido en el monólogo.

—¡Menuda nochecita que dio ayer!

—¿Sí? —Ríe César. —Es un cabrón…

—No estaba la señora, ¿sabes? Le dejó con la cuñada y ya te imaginas…

—Ya…la liaron…

—Pues hasta que les sugerí que se largaran al campo a meterla del todo. ¡Joder, tío, es que da no sé qué…que todo el mundo sabe que son familia!

—¡Ponme la puta copa y déjate de cotilleos que pareces una jodida portera!

Tras hacerse notar, Víctor continúa atendiendo a la actuación.

—Me estoy dando cuenta, —dice la chica—mirándoos a todos, que sois mucha peña para tratarse de un sábado por la noche…emmm…no sé…Está jugando el Madrid…—En el público se genera un murmullo— A mí me da igual, la verdad. Para esos temas cuento con el asesoramiento de mi compañero.

»Él sí que es un experto en el tema. De hecho, ha tenido sexo con la mayoría de los jugadores…sexo no consentido, ya sabéis… (Agita una mano entre sus piernas y el público reacciona con la complicidad esperada, aplaude y ella aprovecha para indicar a su relevista que tome su lugar en el escenario).

Entre los aplausos, aparece un hombre menudo, de columna vertebral endeble, un poco gibosa, que corona su pequeña cabeza con numerosos ricitos esmaltados en gomina.

—Gracias, Carlota. Sí, yo soy futbolero, lo confieso…pero futbolero machista. No me pongáis fútbol de mujeres, no, no…Creo que los problemas de hombres deben solucionarse entre hombres, luciendo pelotas, muslos… (El público ríe).

—¡Maricón! (Grita Víctor desde la barra).

El monologuista deja de hablar y guiña los ojos para buscar mejor al autor del grito.

—¿Se te ha oído de puta madre, tío, pero podrías volver a gritar para que pueda localizarte?

—¡Tienes el culo más abierto que la boca del metro!

—¡Del metro! ¡Vaya! Pero si tenemos a un chico de pueblo viajado…Me encanta. Verás, Willy Fog…no solo lo tengo igual de abierto y transitado, es que a veces me meto un molinete y flipo de gusto. Te lo recomiendo. Es mejor que cuando te la cascaba tu colega en el granero. Así os iniciáis en el medio rural, ¿no?

—¡No te pases, hijo de puta!

Víctor se levanta de la banqueta. César y Jesús se ponen en guardia.

—¿Ya? ¡Qué decepción! Creí de verdad que íbamos a tener una conversación más profunda…Me parece que me has dejado a medias…

—¡Te voy a partir la cara!

César le frena extendiendo un brazo a la altura de su pecho.

—Tío, no la líes.

Pero el monologuista sigue provocando.

—¿No prefieres partirme otra parte de mi anatomía? ¡Me has puesto muy cachondo! ¡Seguro que si la golpeo se parte en dos como un ladrillo contra el suelo!

Víctor apura la copa desafiando con la mirada a César, que aguanta a su lado para controlar el arrebato de su amigo. Golpea el tubo vacío contra la barra y se abre paso a empujones hasta dejar el local.

***

En el Trena se encuentran a Ester, cuenta ya con algún que otro tirito y la lengua se le engancha al paladar. Sus labios se retuercen en busca de algún sonido entendible.

—Vamos a bailar, cuñadito…Demuéstrame lo que mi hermana pequeña ha visto en ti…

Víctor la coge por la cintura y se pega a su espalda. Presiona sus caderas contra su pantalón. Le muerde la cabeza y ella se queja, le mira.

—¡Tira para el servicio, golfa!

Al cierre del local, bajan por la cuesta hacia los caños. Se escuchan las carcajadas de una pareja que camina de frente, sin rostro, a causa de la noche cerrada y la poca iluminación que el Consistorio ha conseguido para las calles del pueblo este año. Al cruzarse se dan las buenas noches. Lo hubieran hecho a oscuras si no llega a ser por los faros de una camioneta que pasa al lado y alumbra a la pareja. Víctor rompe a reír y el monologuista retira su brazo del hombro de Carlota que iba distraída y no se ha dado cuenta del reencuentro.

El hombre ingenioso intenta suavizar tensiones.

—Oye, no te tomes a mal lo del garito, estábamos actuando y tú no dejabas de dar por culo…Yo ya lo he olvidado, tío…

Le tiende la mano y Víctor da un paso atrás.

—¿Sabes lo que pasa? Que creo que me estoy pensando lo de romperte el culo, ¿sigue en pie?

Se le acerca hasta situar la punta de su nariz en los rizos y le besa en la frente. Posa una mano en su hombro y la otra aterriza impactante y con el puño cerrado en su estómago. Cae al suelo doblado y con la colaboración de Jesús le muelen a patadas.

—¡Que alguien nos ayude, por favor!—Grita Carlota.

César la mira con los ojos muy abiertos, petrificados. Ella guarda una primera esperanza, efímera tras comprobar cómo recula un par de pasos y echa a correr. No ha sido consciente de haber visto a nadie en la huida. Tampoco sabe por dónde ha huido, pero he aquí la puerta de su casa. Las manos le tiemblan y tiran las llaves al suelo, percibe el sonido como un estruendo.

Por la mañana, tras no haber logrado conciliar el sueño, despierta a su madre y regresan a Madrid.

***

—¿Por qué te fuiste así?

Es César, preguntándole a Marta, por teléfono. Después de unas cinco llamadas por fin se lo ha cogido. Pero peor está Marta que lo ha hecho sin saber quién era… *¡Mierda!*

—Oye, no estoy segura de que funcionemos de día. ¿Me entiendes?

—¿Qué? No, no te entiendo. ¿Qué quieres decir?

—Que ya nos hemos enrollado más veces y no ha habido necesidad de más…ni siquiera de un café o de un botellín…

—Ya…

—Tío…no te cabrees…

—¿Que no me cabree? Pues es tarde, estoy cabreado.

—César…

—Déjalo. Nos vemos. Un beso.

Marta se queda mirando el aparatito que emite la señal estridente de una línea vacía al otro lado.

—¿Seguimos? ¿Quién era?

—No te incumbe.

—¿Por qué eres tan borde cuando acabamos de follar?

—Porque te miro a la cara y me arrepiento.

—Martita, no empieces.

—¡Dios! ¡Debo de estar enferma o algo así!

—A lo mejor eres una ninfómana de esas. Cuando estuve en la academia, teníamos una compañera… ¡Qué guarra era la tía!

Lucio se ríe al recordarlo.

—¡Vete a la mierda!

—¡Y usted a comerla…!—y se señala sus partes íntimas divertido por lo oportuno del dicho.

—¡Me largo!

—¡Martita! ¡Martita! ¡No te cabrees!

Tira de su brazo y la recibe de vuelta en la cama. Se besan y concluyen la tarea interrumpida. Ya más relajados, se encienden un piti y se lo fuman a medias.

—Era Piara, ¿no?

—¿Qué?

—El que te ha llamado antes…

—¿Piara?

—No sé cómo se llama ese crío…el de la casa de la cuesta…Óscar…

—César, se llama César. Nos enrollamos en el Trena la otra noche. Ahora quiere ser mi novio—lo dice irónica, al tiempo que suelta el humillo.

—Martita…sabes que no me meto en tu vida, pero ten cuidado con ese tío y sus colegas.

—Ya…A mí tampoco me molan.

—Menuda panda, no te acerques mucho, nena.

—No creo que sean mala gente, son un poco primarios, ya me entiendes…

Echa el humo y se atraganta al acordarse de algo. Después de toser y recuperarse continúa entre risillas.

—Ruti se largó una noche a una cabaña que tiene Víctor por el puerto y se lo montó con todos. ¡Vino asustadita la pobre! Dice que había droga como en un festival…

—Por favor, ahórrate los detalles…No olvides que soy poli…

—¡Oooooh! ¡Lucio se pone papi!

—Basta…

—Venga, papi… ¿No tienes curiosidad?

—¡Ni la más mínima! Además no me llames «papi» que sabes que me jode. No tengo edad para ser tu padre. ¡Levántate, se ha hecho tarde!

Se visten y salen de la habitación. Lucio vive ahora en la casa que fue de sus padres, en el mismo centro del pueblo, pero tiene apalabrada una habitación en el hostal para sus escarceos con Marta.

No es cierto que esté a gusto con el tipo de relación que llevan, pero le saca unos cuantos años a Marta, es el teniente de la Guardia Civil de Álamos y un divorciado de 38 años con un hijo de dos. En el pueblo todo el mundo sabe que andan juntos. Es ella la que parece no darse cuenta del todo, es muy joven y siempre que puede, impone su derecho a disfrutar de su libertad.

Lucio accede porque sabe que regresa, como una niña que necesita jugar con muchos juguetes para acabar abrazada en la cama a su peluche favorito.

En el aparcamiento, Lucio se mete en el coche y Marta sale después, por la puerta del bar. Lo hacen siempre así. La observa cómo va calle arriba y se queda medio embobado.

La radio le da las buenas tardes y le saca del aturdimiento. Le pregunta si va a pasar por el cuartel o va directamente a la rotonda de la entrada… *¡Mierda! Se le había olvidado lo del control, es lo que tiene de malo las fiestas patronales para los polis: los tediosos controles.*

—Ficho antes, así recojo unas cosillas (chicles de menta, para disimular el olor a porro).

Al mirar por el retrovisor, visualiza a Víctor, metiéndose en su coche. Su cerebro no puede evitar relacionarle con César y se siente celoso, más bien vengativo. Al ver la dirección que toma el coche descuelga de nuevo el micro.

—Central. Cambio de planes. Voy directo a la posición.

Le sigue: *¿Dónde vas, cabrón? Venga, dame una alegría…*

Deja dos coches entre medias y salen del pueblo. Se asegura del camino que va a tomar y retoma el contacto con sus compañeros.

—P4 aquí M2. P4 a M2.

—Dime, Lucio.

—Va para allá un Opel Vectra blanco matrícula 613087TSC. Es un amigo…A ver si podéis pararle y darle recuerdos de mi parte, yo voy para allá.

—Eso está hecho.

Al llegar al cruce, ve el vehículo de Víctor, orillado. Él está adentro, aparentemente tranquilo. Lucio baja del coche y se acerca. Víctor le sonríe parapetado en sus gafas oscuras.

—¿Qué pasa, Lucio?

—«Agente».

—¡Agente Lucio! (repite entre risas).

—Para ti, «Agente».

—Agente, dígame, ¿por qué se me para?

—Esto es un control rutinario y aleatorio. No hay un porqué. ¿Me permite la documentación por favor?

Víctor le da los papeles y comienza a silbar.

—¿Le importaría dejar de hacer ruido?

—Yo no hago ruido, agente…es música (continúa sonriendo). Tengo un poco de prisa, señor agente, no quisiera perderme los festejos taurinos.

—Pues para no querer perdérselos iba usted en la dirección opuesta.

—Tengo que hacer unos recados antes. ¿Hay algún problema, agente?

—Ninguno. Aquí tiene.

Se agacha e introduce la cabeza por la ventanilla, pegando su cara a la de Víctor.

—A mí no me engañas, marica. Tarde o temprano te agarraré por los huevos.

—Agente, —alza el mentón y mastica un par de veces, eleva una ceja y vuelve a sonreír—le huele el aliento a porro…

Lucio saca la cabeza y da dos toques en el techo del vehículo.

—Prosiga, por favor.

La ojeriza de Lucio por Víctor viene de largo. Le ha visto crecer. Sus casas lindan por la parte de abajo de la finca y más de una vez le ha pillado gorroneándoles el agua del pozo.

De pequeño le parecía un chaval espabilado, que tenía su gracia, pero el adulto había evolucionado hacia prácticas indeseables y contrarias a la ley y la integridad de los otros, lo que viene a llamarse un hijo de puta con pintas.

En reconocimiento a su intervención en el incendio de la casa rural, el Ayuntamiento le había encomendado el pregón de fiestas esa misma tarde.

A Lucio le tocaba organizar el dispositivo de vigilancia, una multa por una equis mal puesta en los papeles del coche le hubiera alegrado la tarde, pero no había tenido suerte.

Víctor arranca con decisión, sube la música y grita satisfecho. Si al cabrón de Lucio le hubiera dado por abrir el maletero, se hubiera encontrado con la chica. *¡Soy el puto amo!* se anima, siente un cosquilleo en la frente y se pasa la mano, *¡Hostias! ¡Qué sudores!*

Llegando al Cerro, distingue el coche del hermano de Miguelo parado en la cuneta. El tío es tan enano que apenas asoma el tupecillo por encima del volante. Al verle, sale del coche y le espera.

—Vas con retraso.

—Lo sé. Perdona, tío... Me ha parado la poli.

—¿Por qué?

—Nada importante, un gilipollas del pueblo que me tiene pillao. Me para por todo, el muy hijo de su madre.

—No queremos problemas.

—Lo sé, descuida.

—Dale caña o llamamos a otro.

Se mete en el coche y desaparece a gran velocidad.

***

—Hola, tío. Voy camino de Torrelodones. El enano nos da cuatro a cada uno si la recoges, luego te paso la dirección. A las tres y media.

—No. Hoy no puedo.

—¿Cómo que no puedes?

—No puedo…Estoy liado con la mierda la boda…Ya sabes…

—No, no sé. ¿De qué coño vas? ¿Has oído bien lo de los cuatro mil pavos?

—Quédate con mi parte, te he dicho que no puedo.

—¡No quiero tu parte, cabrón! ¡Quiero que me ayudes a hacerlo! ¡No me fio de otro!

—Ya te he dicho que estoy muy liado.

—Santi…tío… ¡No me dejes tirado!

—Hazlo tú, tío. No puedo.

—¡Santi!

—¡No puedo hacerlo, coño! ¡Tengo a mi suegra durmiendo en casa! ¿Cómo quieres que salga a esas horas?

—Como lo hacemos siempre. Salimos de copas y después te ocupas.

—No me interesa, paso.

—¿Y qué hay de mí? ¡Es mucha pasta! Les he dicho que sí y sabes que no podemos vacilar con estos tíos. ¡No me dejes tirado!

—Lo siento, tío, no voy a ir.

Cuelga.

Es la primera vez que tienen que hacer una doble entrega. Si el cabrón de Santi no quiere hacerlo, otro se llevará la pasta. Llama a Álvaro.

45

—Tío…

—¿Qué pasa, tú?

—La llevo a Torrelodones. Recógela en la dirección que te paso, a las tres y media.

—¿Qué? ¿Qué mierda dices?

—¡Álvaro, escucha! Pillamos tres veces más por llevarla a un casoplón en Torrelodones.

—¿A la misma chica?

—A la misma. Luego la liberamos.

—¿Luego? ¿Cuándo? No, tío…es mucho tiempo, me salgo.

—¿Te sales? ¿Qué crees que es esto el puto balón prisionero?

—Paso de arriesgar. No me convence. —Cuelga.

Tendrá que hacerlo solo. *¡Ocho de golpe! ¡A cascarla, capullos!*

6

Un olor fuerte a gasolina obliga a Mónica a abandonar el sueño y mirar a su alrededor. Está otra vez oscuro aunque sabe que ya no se encuentra sobre el colchón húmedo. Estira las piernas y sus pies topan con algo.

Se da cuenta de que está de lado, sobre su brazo y pierna izquierdos. Empieza a ser consciente de que le duele todo el cuerpo y el insoportable hormigueo que la envían sus extremidades dormidas, trepa ya hasta la altura del muslo.

Apenas puede mantener los párpados abiertos porque escuecen, al igual que la entrepierna. Sus partes íntimas arden y vibran. Intenta moverse y descubre que sus manos pelean atrás por desatarse, al igual que sus tobillos. Al levantar la cabeza se golpea con un techo demasiado bajo y percibe que hay muy poco aire que respirar, que es caliente y denso.

Se apodera de ella el nerviosismo y la angustia de permanecer encerrada en un lugar que parece el guante de su cuerpo, y sin control, se agita en convulsiones contra los perfiles de aquello que la contiene y desconoce.

Víctor lleva la radio a tope cuando siente el primer golpe, baja el volumen y logra escuchar un segundo, ahora con total claridad. *¡Mierda! ¡Se ha despertado!* Acelera.

Se pega al coche de delante y le pita. Siguen los golpes ¡ZAS! ¡ZAS! ¡ZAS! No puede creer que haya conseguido empujar el respaldo y ahora el retrovisor le muestre aquella rodilla ensangrentada.

Gira el volante hacia su izquierda y se sitúa en uno de los carriles de subida. Le golpean de refilón en el morro y el coche da un giro completo y se queda parado en el carril del lateral. Segundos después, otro impacto le saca de la carretera y le hace caer por el perfil más picado del puerto.

Pasa a través de unas zarzas y esquiva un tronco, aún es capaz de controlar algo el volante. Grita, la mueca de sus labios no aclara que haya dejado de divertirse.

Mónica recibe cada bache de la caída como si incalculables cuchillos le agujerearan el cuerpo, y cada impacto en la cabeza le provoca un zumbido que la aturde una décima de segundo, para volver a ser despertada por el siguiente.

A unos veinte metros de descenso, una de las ruedas tropieza de soslayo con una roca puntiaguda y la hace patinar. Lo siguiente es un abeto gigante contra el capó. La cara de Víctor embiste el airbag y queda aturdido escasos minutos.

Al separarse del globo, agita la cabeza en su empeño de no perder el conocimiento. Se ayuda de dos patadas fuertes para terminar de abrir la puerta del conductor que ha quedado atascada.

Sale e inspecciona como una presa huidiza el paraje donde ha aterrizado. No escucha nada extraño, así que deduce que no se acerca nadie, aún… pero no tardarán con la que ha montado allá arriba.

Abre el maletero y coge a Mónica, la mira por primera vez a unos ojos que ya no muestran miedo sino agotamiento. Avanza con ella hacia su izquierda y en la espesa arboleda distingue una roca de un tamaño considerable, que le servirá de referencia. Cuenta tres arboles más o menos alineados a su derecha y en el último la deja, apoyando su espalda contra el tronco.

No se mueve, su respiración es lenta y hasta parece que descansa. Mantiene los ojos abiertos y perdidos en el paisaje, como si su cerebro le proyectara algún recuerdo en una sesión privada.

—¡Estoy segura de que no queda nada!

—¿Ya puedes verlo?

—Chisssst... ¡Calla! ¡No puedo hablar! ¡Hace falta mucha fuer...za!

En la explanada, lo que más le gustaba a Mónica era excavar. Tenía la completa fe de que algún día se encontraría con el diablo, agazapado en las profundidades de la tierra, en su escondrijo.

Su melliza Silvia la observaba con veneración, pero Hugo nunca entendió esta inquietud. Sus tres años de ventaja le descuadraban muchas veces en los juegos de las chicas. Como le decía a su padre, *«Papá, estas tías son muy raras»*.

—¿Os venís a jugar?

—¡No!

—¡Vente tú, Silvi!

—Es que...

Mónica levantó la cabeza y miró a sus hermanos.

—¡Silvi, vete si quieres! ¡Ya sigo yo sola!

La niña miraba insegura al hoyo que cavaba su hermana. Las pequeñas manitas forzaban la tierra con sus uñas, mientras que la lengua a medio sacar le daba el impulso necesario para acometer tamaño esfuerzo.

Hugo tiró del brazo de Silvia.

—¡Venga! ¡Necesitamos uno para batear!

Mónica descansó un momento. Sopló.

—Es que estoy segura de que no queda nada...

Miró a su hermano. Sonrió.

—¡Venga voy yo, luego sigo!

—Joeeer... ¡Tú no! ¡Eres una mierda bateando!

—¿Que soy una mierda? ¿Y quién se hizo el "jonrou" el otro día, eh?

—¡Tú sigue con tus infiernitos! ¡Vente Silvi!

—¡Si no va Mónica yo no voy!

—Venga, valeeee... ¡Vente, Mónica! ¡Pero vas con los otros!

—¡No! ¡Somos hermanos y vamos los tres juntos!

—Joeeer... ¡Vale, venga!

Se sacudió las manos.

—¡Pues vamos!

De pequeños pasaban los veranos enteros en Álamos. Allí se olvidaban de la ciudad, de los autobuses, del cole. Había una cancha de fútbol enfrente del Asador y aquel verano la emplearon para el béisbol. El bate era una raqueta de tenis.

En cada base, se colocaba un miembro del equipo cátcher. Había que ser muy rápido, muy hábil con la raqueta y tener muy buena puntería para eliminar al contrincante, propinándole un generoso pelotazo cuando este corría de base en base.

El equipo de Hugo iba ganando, pero de poca diferencia. Bateaban. El panorama no auguraba una victoria segura porque los últimos golpes habían sido más bien pésimos, incluso a Silvia la habían tenido que sacar a primera base. Hugo, como capitán, se mostraba visiblemente preocupado. Miraba su raqueta. Oteaba el horizonte.

—¡Venga! ¡Vaaa!

Jaime "Cabeza Gorda" de pitcher sonreía. Se había enfrentado a Hugo en todos los torneos de tenis y sabía qué era lo que más le cabreaba: la tranquilidad en el contrincante. A diferencia de otros, este capitán, cabreado, siempre perdía.

—¡Tiraaaa!

Jaime se agachó, se levantó. Se agachó de nuevo, se puso a media altura con las rodillas flexionadas ¡¡¡ZAAASSS!!! Visto y no visto. Lanzamiento y pelotazo fueron uno. La pelota voló por los campos colindantes en dirección al matadero.

—¡Tomaaaa!

El equipo de Hugo brincaba y su capitán sonreía feliz.

—¡Rápido! ¡Salir de baseeeee!

Los chavales empezaron a recorrer el circuito sin prisa ninguna. La única que parecía agobiarse era Mónica, que se pegó la carrera de su vida para luego llegar a zona y ver cómo su hermano iba dando brinquitos, confiado de su golpe.

Nano recogía tierra y la lanzaba a lo alto; Raúl propinaba collejas a cada rival que se encontraba cerca de base; Silvia voceaba *Oé, Oé, Oé, Oeeeeeé...*

Hugo se dirigió al resto del equipo que estaba esperando batear.

—¡Salir! ¡Salir!

Y también salieron. Todos comenzaron a desfilar. Se agarraron de la cintura y bailaron la conga. Mónica tardó en entender que no era necesario tomárselo en serio, que su hermano les había hecho ganadores.

—¡ Oé, oé, oé oeeeeeeé... !

La pelota nunca apareció. De camino a casa pasaron por la explanada. Mónica paró delante del hoyo, el corazón empezó a latirle fuerte y veloz.

—¡Mira! – señaló el agujero.

—¿Qué?

—¡Alguien ha removido la tierra!

Silvia fijó su atención en el hoyo.

—¡Ha intentado salir y al oírnos se ha metido de nuevo!—Dijo Mónica excitada— ¡No le habrá dado tiempo a bajar del todo! ¡Ayúdame! ¡Es nuestra oportunidad!

Mónica se remangó rápido y se lanzó al suelo para comenzar a cavar como loca.

—¡Ayúdame! ¡Ha salido!

Silvia contempló a su hermana melliza convencida de que esta vez sería capaz de atrapar a aquel diablo imaginario. Luego miró hacia el cielo y el sol le devolvió el saludo agitando sus rayos brillantes.

—Me voy a la pisci…Estás mal de la cabeza…

Y se alejó dando brinquitos, hipnotizada por su reciente deseo, mientras Mónica arañaba la tierra.

***

Víctor avanza decidido unos metros y para en seco. Vuelve la vista atrás para contemplar el lugar desde lejos. Perfecto. La chica estaba oculta, como mimetizada con la naturaleza.

Permanece unos segundos hasta que su mano derecha palpa el bolsillo del pantalón y de él saca una navaja multiusos de unos diez centímetros.

Una vez desplegada, la contempla y retrocede a zancadas hacia la roca, cuenta los tres árboles de referencia para asegurarse, pero la verdad es que lo tenía enfocado desde que se dio la vuelta.

Se para justo delante y escucha la respiración de Mónica al otro lado. Se agacha, con una mano rodea el tronco y agarra su frente, con la otra la rebana el cuello. Siente el calor de la sangre arterial que le recorre en chorros lentos la mano y no necesita comprobar nada. Se pone en pie y echa a correr alertado por el eco de una conversación que cada vez es más cercana.

Cuatro guardias civiles, seguidos de un hombre y una mujer que cargan con material y distintivos sanitarios, le ven aparecer dando saltos de entre la arboleda. Uno de los agentes se adelanta.

—¿De dónde viene usted?

—Eh…Intentaba volver a la carretera, pero creo que no me oriento muy bien…

—¡Normal, hombre! ¡Con la hostia que se ha dado ni el Robín ese de los bosques sabría llegar! ¿Cómo se encuentra?

La mujer ya le está cegando las pupilas con una linternita.

—Bien…Solo me he hecho rasguños.

Se toca la frente marcada por el roce del airbag y detecta cómo se fija en las manos llenas de sangre.

—¿Se ha hecho algo más? ¿Siente dolor en algún otro sitio?

—No, creo…

Cuando se aparta para decirle algo a su ayudante, que esperaba con el maletín a unos metros de distancia, Víctor se mete la mano en el bolsillo del culo, despliega la navaja y se la clava en el muslo, por detrás. No es capaz de controlar el grito y todos vuelven a sorprenderse. Permanece de pie, pálido por el dolor y con la navaja en la mano, la deja caer.

—Ya decía yo… ¿Llevaba usted la navaja en el bolsillo verdad? –pregunta la doctora.

—Siempre la llevo…soy cazador.

—Pues eso está prohibido, amigo—se le aproxima el primer agente—ahora entenderás porqué hay que portar las armas en la guantera.

—La llevaría en el pantalón del culo y se la ha clavado en la caída. El shock le impedía darse cuenta, a pesar de llevar las manos bañadas en sangre.

Ya la tiene con sus manitas frías hurgándole el muslo. El agente les observa.

—Por lo demás veo que se encuentra bien así que cuando la doctora acabe con la cura, me enseña los papeles del coche.

Ella mueve la cabeza en señal de desaprobación.

—O si lo prefiere me dice dónde los lleva y los saco yo mismo.

—Sí…no hay problema. Están en el bolsillo que cuelga del asiento del conductor.

Antes de dirigirse al coche, el agente se agacha y recoge la navaja, la inspecciona, comprueba su peso, lanzándola un pelín hacia arriba.

Recorre su empuñadura con el pulgar. Restriega su hoja contra la hierba para limpiarla, la pliega, se levanta y se la ofrece.

—Yo tuve una así. Ya no las fabrican.

—Yo la heredé de mi abuelo –comenta Víctor mientras la recibe.

—¡Ay, los abuelos, los abuelos!—y se va hacia el coche.

—Va a tener que venirse con nosotros, necesita puntos de sutura. –interrumpe la doctora.

—¿Qué?

—Que tiene que venir al centro de salud, tengo que coserle la herida.

—¿Y no puede hacerlo aquí? ¿Qué coño lleva en el maletín ese?

El guardia civil de la charla que ahora supervisa la documentación del coche junto a su subordinado le llama la atención.

—¡Eeeeeh! No perdamos las formas, hijo, no perdamos las formas…

—Perdón…Perdone, doctora, no puedo perder más tiempo. Tengo algo urgente que solucionar. ¿No podría cosérmelo, aquí?

La mujer hace una mueca de indiferencia.

—¡Por poder…! El tema es que aquí no tenemos anestesia, depende de usted.

—¡Pues ea!—Interviene de nuevo el guardia, no sin disimular la sorna—¡Que el chico parece duro! ¡Zúrzale ahí…como si no hubiera mañana!

El primer pinchazo le arranca un alarido que provoca la risilla de los presentes. Los siguientes a penas los siente porque la pierna se le va quedando dormida.

—Pues esto ya está.

Concluye la doctora, asestando un pequeño corte al hilo sobrante y revolviendo entre los trastos del maletín. El guardia civil les da la espalda para atender la radio.

—A ver, los de la grúa no pueden pasarse hasta mañana. Acordonamos la zona. ¿Te llevamos a algún lado, chico?

Víctor se rasca la pierna, contrariado por la noticia.

—No…Voy con ustedes hasta la carretera y llamo a un amigo para que me recoja. Ya le he dicho que tengo algo urgente que hacer.

—¡Como quieras!

Espera a que el coche oficial desaparezca puerto arriba y se queda solo, en la cuneta, con el móvil marcando el número de Santi.

—Dime.

—Tío, estamos en un lío.

—Te llamo yo. Cuelga.

Santi no estaba solo. A falta de dos días para casarse con Elvi, la familia política no se les despegaba ni para echar un polvo, es más, si hubiera surgido la ocasión, seguro que su cuñada se hubiera empeñado en dirigirlo con sus consejitos tocapelotas y su voz crispante.

—Y lo del restaurante…—Señala plantada en medio del salón.

—¿Qué pasa con el restaurante?

—¡Te lo estoy contando, Santi! Que os fieis de mí…Me casé el año pasado y me la metieron doblada…En esto tenéis que plantaros.

Santi mira a Elvi que está sentada a su lado, le sonríe con la intención de calmarle.

—Lo que tú digas estará bien…tengo que hacer una llamada.

Le da una palmadita y sale a la terraza. Respira hondo. Saca el móvil y llama a Víctor. Contesta instantáneo.

—Tío, me he estrellado con el coche y la chica la ha palmao. La poli ha acordonado la zona y no lo puedo mover.

—¿Qué? ¿La han visto?

—¡No, no…! Me dio tiempo a esconderla, es por lo que te llamo, necesito que vengas a buscarme para llevárnosla.

—¿Llevarla a dónde?

—No sé tío, ya se nos ocurrirá algo…

—Joder… ¿Dónde estás?

—Bajando el Puerto de Galapagar a la altura de Torrelodones, en la curva donde se ven los casoplones. Te espero en la cancela de la derecha, según bajas.

Cuelga y entra en el salón donde las dos hermanas continúan planificando.

—¿Qué te pasa, cariño, te encuentras bien? Estás pálido…

—Voy a dar una vuelta, necesito tomar el aire.

—¡Pues esto no ha hecho más que empezar! ¡El resto del matrimonio es la misma mierda!—Comenta el gilipollas del concuñado, que aparcado en el sofá, le calienta el mando de la Play.

***

En el viaje le viene a la mente la noche de su despedida, cuando se tiró a la chica. La miraba a los ojos todo el tiempo en un intento de construir una fantasía en la que fuera ella y no Elvi la mujer con la que se casara días después. Pensaba también si él podría llegar a ser una persona normal, con una familia normal, con esa chica medio drogada a la que se la metía acompañándole cada mañana al despertar y cada noche al acostarse. Haciéndola hijos que le llamaran "papá".

Observó su boca, medio abierta, los labios resecos que dejaban escapar medios gemidos. ¿Por qué no besarla? Dudó unos segundos, acercó su boca y lo hizo.

Se sintió perturbado al principio, pero luego le pareció que le correspondía, introdujo su lengua y se excitó. Intentó controlar, pero una vez más su torpeza sexual le llevó a correrse antes de tiempo.

Agachó la mirada y casi se disculpó con su amante, como hacía con todas, *«Perdona»*. Siempre acababa así. Al placer de correrse le acompañaba la disculpa por no ser ese gran follador que toda mujer espera.

Y para qué, ninguna pareció aceptarla, ni siquiera Elvi, que hasta una vez se puso a llorar porque según una revista, *«si los dos no acababan al mismo tiempo, no eran una pareja y él siempre se corría demasiado pronto y ella nunca, nunca había llegado al orgasmo…»*. Él contestó *«Perdona»*.

Pero aquella vez, el olor a humedad y la mierda que le habían dado a la chica para dejarla casi inconsciente, le recordó que ahora acababa de ser distinto. *Acababa de correrse antes que ella y no importaba…joder…no importaba.*

Respiró eufórico, se tumbó a su lado y le pegó un trago al botellín de la mesilla. Aquel brebaje asqueroso, cerveza caliente expuesta al ambiente cargado por horas o puede que días, le pareció soberbio.

Cerró los ojos y apretó fuerte los labios: *esta vez no hay «Perdona» ni pollas.*

Víctor le espera sentado en una roca, apartado de la calzada. Cuando le ve llegar se levanta torpe, parece que no puede mover bien una pierna. Cojea hasta él.

—¿Estás bien? ¿Te ha pasado algo?

—No…rasguños. Deja el coche aquí. Hay que bajar un poco por aquel lado. Si te asomas se ve la roca, no hay pérdida.

—¿Y cómo la cruzamos luego? Pueden vernos, joder.

—¡Pues la cruzamos cuando no pase nadie! No hay otra, tío. Allí no la podemos dejar, la encontrarán mañana cuando vuelva todo el tinglao. Además, no murió en el accidente, me la he cargado.

—¿Qué?

—¡Qué me la he cargao! ¿Qué querías que hiciese? ¡La poli bajaba, coño! En el coche tengo la manta, la envolvemos y a correr.

Víctor no esperó a ver su reacción, cruzó casi sin mirar, como quien cruza un paso de peatones y no un puerto de montaña.

Tardan en subir el cuerpo cuarenta y cinco minutos. Ya en el borde de la carretera, una bandada de diez coches que ascendían casi pegados, y otros tantos que bajaban, les obligan a esperar un buen rato hasta que pueden cruzar. Lo meten en el maletero y vuelven a esperar para cambiarse de carril.

—¿Qué hora es?—Víctor da un respingo en el asiento y busca en el reloj del coche.—¡En quince minutos tengo el punto pregón!

Mira a Santi, que no se inmuta, está absorto en algún pensamiento. Sin apartar la visión de la carretera, le releva de su responsabilidad.

—Yo me ocupo de la chica. Te dejo en tu casa.

7

En la plaza, Víctor lleva unos diez minutos de charla insulsa, pronuncia las palabras de manera resbaladiza y Lucio quiere creer que no es el único que no entiende el discursito del nuevo Spiderman de Álamos, sin embargo, la gente ríe y los quintos no dejan de vitorearle. Al fin y al cabo, lo único que quiere el pueblo es que acabe pronto y comiencen las fiestas.

A su lado, llama la atención una mujer de unos cuarenta y pocos, regordeta y de ojos claros, emocionada y con un brazo escayolado, un moratón en el pómulo derecho y una rajita atravesándolo. Es una de las cuatro mujeres que sufrieron el incendio de la Casa del Alcalde, en concreto, a la que intentó sacar Víctor cuando fue sorprendido por el bombero. Habían alquilado la casa para su despedida de soltera y casi se despiden de la vida cuando dos de ellas se quedaron dormidas en el sofá viendo Dirty Dancing y fumándose un cigarro a medias.

De vez en cuando, la mano de Víctor le rodea el hombro y ella asiente, dando profundidad a la parodia.

—¡Quedan inauguradas las fiestas patronales de Álamos!

Se escucha a la orquesta que empieza a entonar el charangueo y el público rompe a aplaudir. Los quintos se abalanzan sobre sus quintas y las giran como peonzas, los maridos agarran a sus mujeres y las vecinas a sus vecinas. Todos bailan.

En uno de los extremos del balcón, Lucio respira aliviado, un año más ha terminado la mayor estupidez a la que está obligado a dar servicio como teniente de la Guardia Civil.

Sobre el puente de la plaza, fumando, está Paco Matasantos. El Alcalde le comentó que este año no habría fiestas por lo de Mónica, que ya lleva tres días desaparecida, pero él le dijo que ni hablar, *que una cosa no tiene que ver con la otra, que adelante, que tiene dos hijos más que deben seguir disfrutando al igual que el resto del pueblo.*

Está mirando a Silvi, que baila con uno de los chicos de su peña. En una de las vueltas que le da el chaval, su mirada coincide con la de su padre y su carcajada se queda congelada, deja de reírse y aparta al chico con un empujón suave.

Matasantos se da cuenta, le saluda, levanta un brazo, el del cigarro; empieza a mover los pies al ritmo de la orquesta y da una vueltecita, le sonríe, continúa forzando su improvisada felicidad hasta que comprueba que su hija vuelve a divertirse y a dejarse abrazar por el muchacho.

Mantiene el gesto de payaso bailongo hasta que abandonan la plaza envueltos en su grupo de amigos. Una mano pequeña se posa en su hombro, parece la mano de un crío si no fuera por la voz ronca que le acompaña.

—Buenas tardes, hijo. ¿Qué tal te encuentras?

Es Don Felipe, el cura del pueblo.

—Veo que a pesar de la pena tan enorme que os ha caído, conservas la alegría de vivir.

Matasantos le mira fijamente, el humo del cigarro no quiere salir de su cuerpo con la naturalidad con la que lo suele hacer, no sabe si acabará atragantándose y para evitarlo, se lo traga despacito, por eso no contesta. El cura interpreta el silencio como aprobación de sus palabras y se lanza.

—Sé que no eres asiduo de la iglesia, Paco, pero eres un hombre inteligente, me consta, y sabrás entender que el Todopoderoso nos envía estas pruebas por algún motivo, para guiarnos hacia un objetivo superior.

»Como sus hijos ignorantes que somos, lo desconocemos y nos cuesta entender. Pero tenemos que ser fuertes, mantener la fe en Él y…en tu caso, que presumes de no tenerla…quién sabe, Paco…quizás encontrarla por esta vía.

Por fin se ha tragado el humo y ha recuperado el ritmo de la respiración. Agacha el mentón y se asegura de que el hipo no va a interrumpirle, apretando por unos segundos los labios.

—Padre,—contesta calmado—como bien dice, nunca he tenido muy claro que Dios exista. Sin embargo, cuando ocurren estas cosas y los católicos convencidos como usted sostienen que ha sido Su Voluntad y que Sus Razones Divinas tiene, me entran ganas de sentarme en mi sofá, abrir la Biblia con la que le come el tarro a mi mujer cada domingo, e intentar comprender cómo coño consiguen adorar a un hijo de puta tan grande.

Ambos permanecen inmóviles, víctimas de algún extraño hechizo que los ha pegado al suelo y les ha condenado a no dejar de mirarse.

Don Felipe se ha quedado sin palabras y al contrario que hacía un momento, no dudaba en subirse de un salto a un púlpito imaginario para soltar su charla, ahora tiene la expresión de haberse caído del mismo, llevándose el susto de su vida.

Matasantos vuelve a apoyarse en la barandilla y a mirar al gentío que festeja en la plaza. Don Felipe le imita, ahora sus manos se han entrelazado a su espalda, acobardadas.

Arturo, el mayor de la Roseta, la ama de llaves del cementerio, le saluda con amplios movimientos de brazos.

—¡Don Felipe! ¡Don Felipe!

Alza la cabeza para hacerle entender que le ha visto.

—¡Esta tarde no le ayudo con el ensayo! ¡Que mi padre dice que ya está bien de currar!¡Que estamos en fiestas! ¡También dice que le pregunte que si el vino de la sacristía emborracha como el del bar o al ser santo, te quita la cogorza!

No puede evitar esbozar una mueca de diversión por el bendito monaguillo que le ha tocado este año, indiscreto como su madre y desencaminado como su padre. Asiente de nuevo en un intento de evitar que siga gritando lindeces desde el centro de la plaza.

Antes de irse, quiere decirle a Paco Matasantos que rezará por su hija y por él, pero cuando se gira ya no hay nadie, a pesar de que el rastro del tabaco en forma de fuerte aroma aún le guarda el lugar en la barandilla.

Le distingue subiendo la cuesta del estanco despacio, irradiando esa extraña mezcla de calma y soberbia, *¿o es simple ateísmo?*...se pregunta el cura.

En el balcón de la Casa Consistorial, Víctor se siente pletórico, casi se ha olvidado de la movida de la chica, pero solo casi.

Se despide del Alcalde con un apretón de manos y este le devuelve un abrazo y dos palmadas contundentes en la espalda. La mujer rescatada le intenta plantar un par de besos que se apresura en cortar con un paso atrás y guiñándola un ojo.

Se mete al interior, con la mirada busca un lugar discreto, misión imposible después del pregón de fiestas. Así que baja las escaleras saludando a los concejales que se encuentra y ya afuera, dobla la calleja del muelle y saca el móvil.

—Hola, tío, ¿qué tal todo?

—Bien. Estoy con Elvi en la iglesia, esperando a Don Felipe, ya sabes… Me toca ensayo general del bodorrio.

—Sí, si…Dile que me perdone por no estar… que mañana no falto.

—Sí…ya lo sabe, ya lo sabe…–sonríe a Elvi haciéndole partícipe de la excusa- Mañana no falta ni Dios –ríen los tres.

—Ya…oye tío…

Santi ha aprovechado la distensión del chistecito para propinarle un beso en la mejilla a su novia y escabullirse sin levantar suspicacias.

—No te preocupes, ya está solucionado.

—¿Cómo lo has hecho?

—He tirado el cuerpo detrás de las minas.

—¿Pero si solo tenías que ocultarlo hasta que pensara algo?

—¿Y dónde? ¿En la habitación de invitados con mi suegra? ¡Tío, a ver si entiendes que me caso mañana! ¡Tú no tenías tiempo y yo tampoco!

—¿Pero serás cabrón? ¡Te ha podido ver cualquiera!

—¡No seas paranoico! ¡Este verano no han abierto el teatro, nadie pasa de la pista!

—Me cago en tu puta madre…no me mola…Hay que volver a por ella.

—Ni de coña. Yo paso.

—Santi…

—Tengo rollo, tío. Ya te he dicho dónde está.

—¡Santi! ¡Santi!

Ha colgado.

Víctor suda y se sorprende al ver cómo le tiemblan los dedos cuando intenta llamar a Jesús que lo coge casi de inmediato.

—¿Qué pasa, tronco?

—Recógeme YA con el coche de tu viejo.

—Espera, espera, casi no te oigo.

—¡Que me recojas AHORA MISMO con el coche de tu viejo!

—¿De mi viejo? Imposible, tío, no sé dónde anda…

—¡En quince minutos en la farmacia de la Andrea! ¡Y no me toques los cojones!

Jesús se queda un instante escuchando el vacío del aparato y rápido se lo guarda en el bolsillo y sale a cumplir con lo ordenado.

No son quince sino nueve exactos los que invierte en ello. Víctor se sube al coche, está furioso.

—¿Qué pasa, tío? Me has asustado.

—Vamos a las minas.

—¿A qué?

—Me he cargado a la chica. Santi ha tirado el cuerpo y no me fio. Tenemos que pillarlo y ya veremos qué hacemos con él.

Jesús no se inmuta, asiente con la cabeza y conduce tranquilo. Cuando ascienden el puerto, ya es noche cerrada y apenas se ve una mierda. Los faros del coche y las linternas de los móviles son su única fuente de luz. La ve Jesús.

—¡Ahí está! ¡En aquella zarza! ¿Ves la pierna?

Víctor se lanza derrapando con el lateral de sus zapatillas y engancha la extremidad, tira de ella con fuerza pero el matorral se resiste. Jesús baja también e introduce sus enormes brazos que trepan a tientas hasta la cabeza, escucha cómo se rinden las ramas enredadas.

Al sacar el cuerpo, este presenta el aspecto de una presa a medio digerir, sangrante, doblada, fría, maloliente. Toman aire para recuperarse del esfuerzo y Víctor se la carga al hombro. El móvil no deja de sonar, insistente desde el bolsillo. Al llegar junto al coche, vuelve a tomar aire y mira la pantalla para averiguar quién es el maldito inoportuno. Del tembleque que lleva encima, se le cae al suelo y se apaga.

—¡A tomar por culo!

***

—Marta.

—¡Ah…hola…! No te había visto.

—¿Qué te ha parecido el pregón?

César sonríe al hacer que se la encuentra, cuando en realidad la vigilaba de cerca. La tiende una mano.

—Oye…¿Qué tal si te invito a algo y olvidamos la movida?

La verdad es que César le sigue poniendo mucho, es algo físico. Le sonríe.

—Te acepto un botellín con un bocadillito de oreja del puesto del Tobías.

—Vaya… ¿Cenita romántica?

—¡Soy una tía con clase!

El primer año de Marta en la facultad, engordó tres quilos de los que fueron culpables los bocadillos de oreja de la cafetería. Ese mismo verano, en las fiestas del pueblo, le pidió a Tobías que lo incluyera en la carta.

—¿Qué? ¿A que está de muerte?

—No sabía que existieran bocadillos de oreja…la verdad es que está cojonudo.

—Se lo enseñé yo. ¿Sabías que en la facultad…

La confidencia es interrumpida por Lucio.

—¡Martita! ¿Cómo va eso?

Encontrarse con Lucio justo cuando se propone llegar a algo más que a compartir un bocadillo de oreja con César, no le hace a Marta ninguna gracia y se le nota.

—Hola… ¿No currabas hasta tarde?

—Así es…pero estamos de suerte y nos dejan cenar.

Mira al acompañante de Marta y este le tiende la mano.

—¿Qué tal, Lucio?

—Hola, Rafa, ¿cómo va todo?

—Se llama César—apunta Marta.

—César…eso… ¿Orejita? ¿Sabías que el Tobías lo puso por Marta?

—Sí, eso me contaba…

—Martita, mañana viene Luc. ¿Te apetece algún plan?

Luc es el hijo de Lucio, su versión 3.0… hasta en el nombre.

—Me dijiste que este año no venía a las fiestas.

—Ya…su madre ha decidido que se venga al final.

—Creo que tengo otros planes.

—¿Otros planes sin nosotros? – sonríe.

—Sí.

—Bueno…bien…llámame cuando los acabes.

Pega un mordisco enorme al bocadillo que le acaban de servir y con los carrillos a rebosar le da un beso en la mejilla, dejándole la huella del aceite. Y se va.

César coge una servilleta de la barra y le limpia como si estuviera desinfectando una herida. Marta se siente avergonzada y también furiosa, solo Lucio sabe llevarla al extremo. A veces se comporta como un maldito imbécil.

Recupera el valor para mirar a su acompañante a los ojos. La vergüenza hace que le cueste hablar. César lo intuye y la aborda besándola. Al principio siente el impulso de apartarle, a Lucio no le ha dado tiempo a alejarse lo suficiente, pero se arrepiente enseguida de la idea y se aprieta contra él, introduciendo su lengua con fuerza.

Cuando acaban el beso, César tira el bocadillo de oreja sobre la barra y agarra a Marta de la mano.

—¡Ceno todas las noches!

Se deja arrastrar y libera por el camino pequeñas carcajadas que se quedan en pucheritos infantiles, mientras mira el suelo para esquivar los charcos y el barro del recinto ferial.

La refirma contra la puerta del copiloto de su coche porque necesita volver a sentir su cuerpo y ella responde. Como cada vez que se encuentran, se han vuelto a olvidar de que les cobija la pura calle y los ojos de todo el que quiera pasar a su lado.

La mano de César busca desesperada la piel oculta debajo de su camiseta y tira de ella hasta deformarla. Marta le para.

—Será mejor que entremos.

César le abre su puerta primero y como una exhalación rodea el vehículo para acoplarse en el asiento del conductor. Arranca. Tiene que encontrar un nidito algo más cómodo que el coche, lo comparte con su hermano y lleva las dos sillitas de los sobrinos atrás. No hay sitio ni para montárselo medio mal.

Entonces recuerda que aún tiene las llaves de la cabaña de Víctor, la copia que le dejó en el Santo. Abre la guantera y revuelve.

—¡Aquí están, joder!

Piensa que debería al menos informarle, no vaya a ser que él también tenga un plan. No le pilla el móvil.

El trayecto parece haber duplicado distancia. Cuando por fin llegan, la verja está abierta y ambos se alegran interiormente, sobre todo César, que apenas puede moverse de cintura para abajo.

Paran el coche y se bajan, corren de la mano como si huyeran de algo, lleva la llave preparada y abre en un segundo.

Cierra la puerta de un golpe y sin control ninguno porque están más centrados en chuparse y arrancarse la ropa. Se tropiezan con el sofá y se dejan caer. Marta se queja, se ha clavado algo en la cintura, intentan ignorarlo y seguir adelante con el calentón.

Sin parar de rozarse, con una mano consigue sacarse el incordio, una lata de cerveza…Frenan un segundo, miran a su alrededor y ven otras cinco esparcidas por los asientos. Vuelven a besarse.

—Esto es un asco, vamos a la habitación.

* * *

La verja abierta.

—¡Baja y chápala!—le dice Víctor a Jesús.

Jesús obedece y vuelve a subir al coche, lanzando miradas alrededor que pretenden averiguar qué sucede. Ya a la altura de la cabaña, ven un coche en la puerta.

—¿Qué coño…?

—Es César…mira las sillitas de los críos.

—¿Y qué hace aquí?

Se bajan los dos con sendos portazos. Víctor abre la puerta y ve una cazadora de tía en el suelo. Se da la vuelta para encontrarse con la cara de Jesús.

—Este gilipollas está con una piba…pues se acabó el burdelito por hoy…

En dos zancadas se sitúa delante de la puerta de la habitación y la abre de una patada. De no ser porque la peste ya le era familiar, le hubiera barruntado una náusea. Se escucha un grito de mujer.

—¡Eres un mierda, Cesítar, vete a un puto hotel!

Busca la llave de la luz en la pared mientras oye el revoloteo de los cuerpos en la cama. Por fin enciende, ve a César con la chica de Lucio.

—¡Tío…te llamé pero no me lo cogías…!

—¡Eres un cabrón!—Dice mientras se apodera de él una carcajada nerviosa que se convierte en un ataque de risa.—¡La has cagado, Cesitar!

Marta observa la reacción de los dos amigos y poco a poco percibe el desagradable olor que invade el cuarto, repara en la humedad del colchón y en sus manchas oscuras. Levanta las manos y se las mira con expresión de auténtico asco.

Se hacen visibles la mesilla con el botellín pestilente, los condones usados en el suelo. Por detrás de Víctor aparece Jesús, también se está riendo.

—¡Salid echando hostias de aquí!

—Vale, tío, lo siento –dice mientras intenta ponerse los calzoncillos.

—¡Ya!

—Espera al menos que Marta se vista…

—¡Ya! ¡Me cago en Dios!

Marta recoge su ropa desperdigada lo más rápido que puede, César hace lo mismo. En su mente pulula la idea de que ese tío siempre le había parecido un fantasma, sin embargo ahora le empezaba a acojonar.

Salen de la habitación y corren hacia la puerta, pero a una señal de Víctor, Jesús se ha colocado justo delante, bloqueándola.

Marta ha logrado calzarse la camiseta y de cintura para abajo, las bragas. César continúa desnudo, lleva el vaquero en las manos.

Víctor se sienta en el sofá, lanza dos botes de cerveza al suelo y se rasca compulsivamente la cabeza.

—Espera, espera. No os podéis ir…

César parece no entender nada, sin embargo, Marta intuye que el lío es algo más gordo que el colarse a follar sin permiso en la casa de un amigo. César le coge de la mano para calmar el temblor que se ha instalado en todo su cuerpo.

Víctor se levanta de nuevo y camina hacia ellos.

—Vestiros. Cesitar, cuando estés vente para afuera. Jesús, quédate con ella.

Víctor sale de la cabaña y César se enfunda el vaquero y le pide a Marta que le pase la camiseta. Su mano aun tiembla cuando lo hace, así que la besa en la frente. Tampoco él sabe lo que ocurre pero cree que el miedo de Marta es desmedido.

Cuando sale, Víctor le espera fumando, al lado del capó del coche de Jesús. Se acerca, Víctor abre el capó y le enseña el cadáver de Mónica.

—¿Está muerta?

—Eso parece.

—¿Se la han cargado?

—No exactamente.

Le mira histérico y sube el tono de voz.

—¡No quiero saberlo, tío! ¡El trato ha sido siempre con las chavalas vivas! ¡Yo paso del tema!

Hace ademán de marcharse pero Víctor le agarra del brazo.

—¿Dónde crees que vas?

—¡Paso, tío…esto no es lo acordado! ¡No hablaron de cargarse a las chicas! Si ellos violan el trato, nosotros también. ¡Llama a la poli! ¡Di que la habéis encontrado! ¡Que se jodan!

—¿De qué estás hablando, hijo de puta? ¿Quién se va a joder si vas a la poli, imbécil? Además, no han sido ellos.

—¿Qué?

—Tuve un accidente con el coche, la cosa se complicó después y me la cargué. No había otra.

—¿Qué?

Se restriega la cara, el pelo, llora.

—¡Me da igual, no quiero saber nada de esto! ¡No diré nada, pero paso del tema!

—¡Cálmate, coño! Aquí nadie pasa de nada, todos estamos pringaos…también tu amiguita.

—¿Qué pasa con ella?

—¿Que qué pasa? ¡Es la piba del madero del pueblo! ¡Te la has tirado en la cama donde nos follamos a la muerta!

—¡Eh, eh…! ¡Para el carro! ¡Os la follaríais vosotros! ¡Yo solo la llevé en el coche!

—Eso da igual ahora…No habíamos limpiado, la habitación da asco. Cualquier imbécil se daría cuenta de que ahí ha pasado algo…y más si lo comenta con su novio.

—No es su novio.

—Me importa tres cojones lo que sean.

—¡Déjanos ir, tío! Yo la convenceré para que no hable.

—Por supuesto, ya lo creo que lo harás. Te la cargas.

—¿Qué?

—¡Que te tienes que cargar a la piba esa!

—No…

—¿Cómo que no? ¿Crees que puedes elegir?

—No puedo, tío… ¡Yo no soy como vosotros!

—¿Que no eres como nosotros, cabrón?—Le empuja.—¿No eres como nosotros? ¿Y a quién te pareces tú? ¡Eh, pijo mierda! ¿A quién te pareces?

Jesús ha salido de la cabaña al ver que Víctor perdía el control y lo agarra para sosegarle.

—Tranquilo, tío…

Le retira unos pasos hacia atrás mientras César se separa de la pared contra la que estaba siendo acorralado. Cuando levanta la vista, sus ojos siguen reflejando la cólera de hace un momento, pero su voz suena calmada.

—Mira, César, no me jodas, tengo que deshacerme del cadáver de la quinta y tú te tienes que ocupar de la piba del Lucio o te juro que te meto una bala en el jodido corazón.

César también parece haberse serenado.

—Está bien…lo haré… a mi manera.

—Claro…eso no me preocupa. Llévatela. Si no cumples con tu parte iré a por ti y os mataré a los dos, no lo olvides.

Le mira fijamente para convencerse de lo que está pasando, no acaba de creérselo.

—Cumpliré. Quédate tranquilo.

Víctor levanta las manos y se aparta, dejándole marchar. Cuando Marta ve entrar a César ya no le reconoce. Su lenguaje corporal es otro, ni siquiera la mira.

—¿Tienes todo?

—...Sí...

—Nos vamos.

Se levanta como un resorte y sale la primera, corre hacia el coche, se mete y cierra con seguro la puerta. Desde la ventanilla, puede ver cómo César camina despacio.

Rodea el vehículo. Permanece unos segundos delante de la puerta hasta que por fin la abre. Se sienta, conecta la radio, se abrocha el cinturón. Por fin se marchan.

Cuando pasan de largo de la secundaria que accede al pueblo, Marta se sobresalta.

—¡No! ¿Qué haces? ¡Llévame a casa!

—No puedo.

8

—¿Por qué dejas que te ponga los cuernos, tío?

—¿Qué?

Lucio conduce el coche patrulla pensando en Marta, así que no escucha a Juan recriminando su actitud permisiva.

—La cría… ¡Te los planta en los morros y tú no haces ná!

—Tú lo has dicho, es una cría.

—Pero estáis juntos, ¿no?

—Lo estamos…y no lo estamos…

—Ya…Lucio, tío…a mí no me gusta meter las narices en la vida de nadie pero no creo que esto sea mejor que estar casado y tener una familia como la que tenías.

—(Sonríe) Eso no tiene nada que ver. Mi matrimonio no se acabó por Marta.

—Ya… ¿Tú eres feliz así?

—No lo pienso, la verdad.

—No te entiendo, compañero…no te entiendo.

El semáforo de la entrada al pueblo está en rojo. Paran y esperan a que pasen Santi, Elvi, la madre de esta, la hermana y el imbécil del cuñado.

—¡Qué cara de corderillo pa degollar tiene el tío! La familia de la Elvi va a acabar con él (Juan ríe).

—¿No acabas de decir que formar una familia es lo que da la felicidad?

—¿Yo he dicho eso? No, no me has entendido, compañero. Yo he dicho que tener una familia como la que tenías seguro que te hacía más feliz que estar con una cría que te la pega delante de todo el pueblo.

—Ya…

—¡Lo de casarse es una putada que no voy a entrar a valorar ahora mismo!

—Tú estás casado.

—¡Y tú eres un cornudo!

—Yo no te juzgo…

—¡Ni yo te toco los cojones! –Lucio le lanza una mirada recordándole que no deja de ser su superior.- Perdona, mi teniente…lo que quiero decir es que casarse es… ¡El final del cuento! ¿Cómo acaban si no, todos los cuentos de princesitas que le leo a mi niña por las noches? ¡Con la puta boda!

Lucio se ríe.

—¡Yo le explicaré a mi niña que después de casarse con el príncipe, se le caerá el pelo y engordará hasta convertirse en un cerdo!

—¿Como le ha pasado a su papi?

—…no seas cabrón…—El teniente le vuelve a disciplinar con la mirada. — Perdón, mi teniente…

Ruti también se ha cruzado con la comitiva y les ha dado la enhorabuena por la inminente ceremonia. Luego ha recordado el polvo que echaron el verano pasado, aquella noche en la que Elvi no quiso bajar y se lo montaron en el almacén del Trena. Esa misma noche, Marta se enrolló por primera vez con César y se quedaron colgados desde entonces.

A pesar de ello, Marta no deja de quedar con Lucio, cosa que entiende porque el poli está de muerte. Es un poco carca, es cierto, pero esos años de más le deben dar bastante ventaja en la cama…además, les consigue más costo que un rollo marroquí.

Llama a Marta. No se lo coge.

—¿Dónde anda esta tía?

***

Víctor y Jesús están sentados en el sofá de la cabaña, bebiendo cerveza, fumando, mientras el cadáver de Mónica continúa pudriéndose en el maletero del coche.

—No sé qué cojones vamos a hacer…a lo mejor tendría que llamar al Miguelo…

—El Miguelo está fuera de esto. –Jesús suelta el humo del cigarro compartido y se lo pasa.- Acuérdate que anda por Londres, además, si se entera de que nos hemos cargao a la chica (termina la frase con un gesto de la mano derecha ejerciendo de pistola en la sien).

—¿Y el enano?

—¿El enano? Ese nos vende fijo…además…no tiene muchas luces…

—Joder, joder, joder…

Jesús observa los gestos frenéticos de su colega, su mirada se ha vuelto analítica.

—Tranquilo, tío, yo creo que podemos arreglarlo. Se me está ocurriendo algo.—Hace una pausa y vuelve a expulsar humo.— Nos llevamos a la chica a la tienda y la despiezo.

—¿Qué?

—Que la despiezo. Nos deshacemos de ella en un pliqui y fuera problemas. ¡Muerto el perro se acabó la rabia!

—Joder…si desaparece la chica… -se frota la cabeza desesperado- Nooooooo…no es una solución, tío. ¿Qué pasa con esta gente? Hay que contárselo y que ellos decidan.

—¿Qué dices? ¿Alguna vez se han puesto en contacto después del pedido? ¡Nunca! ¡Esa gente está por encima! ¡No tienen por qué enterarse!

—…No sé, tío…Siempre insisten en que no toquemos a las chicas…que son sagradas… ¡Tienen que volver enteritas! (Ha levantado una mano y Jesús se ha sorprendido del tembleque de furia que la domina).

—Tío…Hazme caso, joder… ¿Qué van a hacer? ¿Pasarse por el pueblo a preguntar a sus padres si todo marcha bien?

Vuelve a aguantar la mirada a su amigo y esta vez percibe que le convence.

—No sé, tío, Jesús…no sé…

Jesús le da una palmada en la espalda y le relata su plan.

—La carne que se nos pasa a mi padre y a mí en la tienda, la vamos metiendo en un cubo que guardamos en la cámara para que no huela. Cuando está hasta arriba, lo llevamos a la fábrica de Molaíta, la trituran y se la venden a unos ingleses que hacen pienso para caballos.

—¿Eso es legal?

—(Jesús interrumpe su explicación algo divertido) ¡Me cago en tu puta madre! ¡Te importará a ti mucho si es legal o no! (se miran y sueltan una carcajada unísona).

Las facciones de Víctor están más relajadas y puede percibirse que lo que escucha le va sonando a música celestial.

—Mi viejo y yo nos sacamos un extra con la mierda esta…

—Tú tienes caballos, ¿no te importa que se coman a tus vacas? (la carga dramática ha dejado paso al vacile total)

—¡Es pa los putos ingleses! ¡Los míos comen la hierba de la finca!

Parecen haber olvidado el peso de la situación y han empezado a soltarse codazos y collejas entre risas.

—¡Déjame acabar, mamón!

Víctor no puede parar de reír, entre lágrimas y recuperando a duras penas la respiración, invita a Jesús a que continúe.

—¡Termina! ¡Termina!

—Llevas tu carga de madrugada, esperas tu turno y estás delante hasta que por el otro lado solo sale el picadillo (una mueca delata que también él tiene que aguantarse la risa).

Víctor se pone serio, arquea las cejas y mueve su cabeza de lado a lado. Está gratamente sorprendido.

—¡A ello!

—¿A ello?

La única respuesta de Víctor es levantar ambas manos como si clamara al cielo. Jesús sonríe pletórico y le suelta un par de collejas que le son pagadas con tres calmantes en el brazo. Vuelven a jugar a las peleas.

***

La puerta de atrás de la carnicería da a un pequeño corralillo en el que Jesús y su padre "*hospedan*", como ellos dicen, a los animales criados de la gente del pueblo. Los tienen allí hasta la noche y cuando cierran el puesto, hacen su labor de matarifes.

Han esperado a que el padre de Jesús les dejara cerrar solos y desapareciera por la calleja, así que es noche cerrada. Llevan el coche a la parte de atrás y cargan con el saco enorme y pesado que una vez fue Mónica.

—Pesa como su pu…ta…madre… (Se queja Víctor, que tira de los brazos)

—¡Aquí es dónde los carniceros ganamos a los albañiles, Vitín! ¡Esto no es ni un lechal!

Jesús ya trata el cadáver como si llevara una pierna de vaca, si en algún momento sintió remordimientos, ya los ha perdido. Aparta a Víctor y se la cuelga al hombro. Con una mano saca las llaves del bolsillo del pantalón, selecciona una, abre y se mete en la trastienda. Víctor se queda afuera y ve cómo se enciende la luz, blanca y poderosa.

—¡Vamos, entra!

—¡No! Yo me quedo aquí…no sea que venga alguien…

—¡Venga, maricón! ¡Entra! ¡Si viene alguien y te ve, se nos cae el pelo!—Jesús sale a buscarle—Los golpes no van a mosquear a los vecinos porque mi viejo y yo trabajamos por la noche, pero que tú estés en la puerta una hora y pico… ¡Eso sí que es raro de cojones!

—¿Una hora y pico?

—¡Si tú lo haces en menos te contrato para Navidades! ¡Será cabrón!

Agacha la cabeza y entra. El espectáculo de cuchillo contra huesos dura dos horas y cuarto. Víctor soporta la visión acomodado en una banqueta pequeña, curiosea vídeos en YouTube para suavizar el trago y cuando encuentra alguno divertido y se ríe, Jesús se interesa:

—¿El qué, el qué?

Comparten la diversión.

Lo primero que echa al cubo es la cabeza de Mónica, de la que separa el cuero cabelludo, al más puro estilo siux, y la entierra con piezas podridas de días anteriores en el fondo.

Después va alternando trozos humanos con vacunos, porcinos, huesos de pollo, etcétera, hasta conseguir un collage de carnes pestilentes e indescifrables. Cargan el cubo en la furgoneta y se marchan.

Un chaval es el encargado de abrir la verja por turnos a cada vehículo que espera en la cola. En el interior de una nave, dos tíos de blanco cargan el cubo y lo vuelcan en un contenedor, una grúa lo sube y lo inclina para que la carne caiga en el tambor del bicharraco que gira y engulle. En apenas un par de minutos, Mónica ya no existe.

—¡Qué! ¿A que mola?

Víctor abre mucho los ojos y pone morritos. Se ha quedado sin palabras.

Regresan a sus casas a eso de las cinco. Víctor se hace un montadito de lomo y se mete en la cama. Maite duerme en otra habitación con la pequeña. Está muerto, él, en sentido figurado.

Se queda frito enseguida. Duerme bien, a la mañana siguiente, a eso de las nueve y media se levanta, vuelve a desayunar, esta vez en familia. Ayuda a vestir a los niños y se enfunda el traje.

—¡Estás buenísimo!—Le piropea Maite al tiempo que le besa y le pellizca el trasero.

—¡Anda…luego te doy tu merecido!

Tienen prisa, en dos horas se casa Santi.

9

En la casa de la novia ya no cabe un alma, la familia ha ido anidando en sofás, sillas, mesas, incluso en la barandilla del balcón. Invitados y curiosos se agolpan en el portal, desde allí, el gentío hace pasillo hasta la iglesia, unos trescientos metros de adoquín y cuestas.

Suenan las campanas en siete toques y Don Fernando, el ex coronel franquista, ofrece su brazo a su hija menor y toma aire. Lleva puesto el uniforme que gracias a los mimos de Salvadora, la sufrida esposa y madre de la novia—que se encarga de llevarlo al tinte una vez al mes desde que su marido se retirara y de eso se cumplen ya cerca de veinte años—aún reluce y le sienta como un guante.

Se dirigen a la puerta y comienzan a bajar los escalones, la primera intención es de bajarlos juntos, pero la estrechez, evidenciada por el familiar de turno situado en cada escalón, hacen que el militar se cabree y pida espacio.

—¡Qué coño hacéis aquí! ¡No veis que no cabemos! ¡A tomar por el culo!

Elvi le besa emocionada y le pide calma.

—Papá, tranquilo…yo paso delante…

Se coloca de lado y va bajando los escalones con la cola del vestido arremangada en el brazo izquierdo y sujetándose a la pared con el derecho, mientras responde a los abrazos y besos que le caen de los laterales. El coronel—como aún se le conoce en el pueblo—ve cómo su hija pelea por recuperar el talante a cada saludo y no puede evitar que su cabreo vaya en aumento.

Cuando por fin salen a la calle, Elvi se limpia el sudor a toquecitos para no estropear el maquillaje y Don Fernando se preocupa sobre todo de hacer un recuento de sus estrellas, banderitas y cruces amedrentadas en la solapa de la chaqueta. Mira a su pequeña y la ofrece de nuevo el brazo. Oyen aplausos y comienzan el recorrido.

—¡Esa novia guapa!

—¡Ese coronel!

También hay quien se ha acercado para ver lo viejo que está el cabrón franquista aunque son los menos y guardan silencio. La novia sonríe y saluda con la mano cuando cree reconocer a alguien; el coronel no, desde que ha dado el primer paso, fija su barbilla en el frente y no parece haber nada que le perturbe la pose.

El novio espera en lo alto de la escalera del templo, a su lado está su madre, temblorosa y feliz. La cuadrilla de amigos se ha amontonado abajo y dejan que Víctor lance vítores que incomodan tanto al novio como a la madrina.

Por fin aparece la comitiva de la novia y pueden entrar. En el altar esperan siete curas ataviados con las mejores galas eclesiásticas, estáticos y luciendo la sonrisa extraña de los santos.

Los invitados se acomodan en los bancos y da lugar el comienzo de una ceremonia que se extiende hora y media. A los cuarenta y cinco minutos, Víctor hace una seña a Jesús y salen afuera a fumar.

—¿Sabes algo de César?

—Mi vieja se ha encontrado con la suya y por lo visto no ha ido a dormir.

—Este gilipollas nos la va a liar…solo tenía que cargársela rápido y estar aquí, en la puta boda. A ver quién le explica ahora a la cotilla de la Petra que su hijo ha pasado de venir...

—Pues no es el único que falta...

Víctor mira a Jesús alterado por la insinuación.

—Álvaro se ha pirado sobre las ocho. He acompañado a mi viejo a la tienda y le he visto en el coche saliendo del pueblo, le he saludado sin darle importancia pero…aquí no está…

—¿Estás seguro?

—Completamente.

Saca el móvil del bolsillo y llama a los dos: Álvaro no lo pilla y César lo tiene desconectado.

Los invitados han ido abandonando la iglesia y ya son muchos más afuera que en el interior, donde es probable que a los recién casados únicamente les acompañen los padrinos y los siete curas. Permanecen en silencio contemplando el gentío. Se escuchan aplausos y ven a su amigo casado sepultado en arroz, Elvi está detrás, se cubre los ojos para que no se los desgracie ningún impacto indeseable.

—¡Bueno pues esto ya está! ¡Vámonos a tomarla!

Víctor silba al resto de colegas y se encaminan al bar del puente. Jesús entra el primero y se acomoda en un rincón de la barra para hacer recuento, Víctor va cediendo el paso afuera mientras alarga el final del cigarro. El grupo está completo. Se reencuentran.

—Ni rastro.

—Te lo he dicho.

La casa de Ruti es justo la de al lado del bar, se ha colocado en el balcón para no perder detalle y se ha dado cuenta de que no está César.

Le ha parecido muy raro y ha llamado a Marta, que no ha contestado porque duerme mientras César conduce. Cuando le dijo que no podía llevarla a casa, la negativa desencadenó un bombardeo de preguntas y ruegos que se quedaron sin respuesta. No tenía ni idea de dónde estaban y mucho menos hacia dónde se dirigían, de esto último, ninguno de los dos.

César conducía de manera autómata, con la esperanza de que de repente, la improvisada excursión culminara en un precipicio por el que dejarse caer sin más consecuencias que la liberación de cualquier culpa.

—¿No me vas a hablar nunca más?

Pregunta Marta que por fin se ha despertado.

—César, ¿no vamos a hablar en todo el viaje? ¡Al menos dime a dónde vamos!

César contesta sin apartar la vista de la carretera.

—No lo sé.

—¿Dónde estamos?

—Llegando a Huelva, creo …

—No he estado nunca en Huelva, ¿y tú?

César gira la cabeza hacia su interlocutora y la mira abriendo mucho los ojos, no sabe si le vacila o de verdad es tan ingenua como para estar tranquila. Marta tampoco lo tiene claro.

—Marta, las cosas se han complicado. Tienes que perdonarme.

—¿Por qué? (disimula)

—Por lo que ha pasado y por lo que va a pasar.

—No te entiendo…-aunque se esfuerza porque no ocurra, las palabras abandonan temblorosas sus cuerdas vocales y suenan a temor, ya no puede seguir fingiendo.

César regresa a su implacable silencio y en él se refugia un par de kilómetros.

—Vamos a parar. Llevo un huevo de horas conduciendo…Tengo que mear.

Aparca cerca de los aseos de la gasolinera y baja del coche. Coge las llaves y vigila a Marta desde el otro lado del cristal.

Ella se quita el cinturón y baja tranquila, le sonríe. Permite que vaya sola por dos razones, una, porque no sabe si es verdad que no se entera de nada y dos, porque una parte de él desearía que echara a correr y no fuera capaz de atraparla.

Cada uno se sitúa en su fila de servicio correspondiente, Marta entra primero. Una vez adentro, le cede su puesto a la chica de detrás y cuenta mentalmente junto al lavabo, haciendo tiempo.

Cuando lo cree oportuno, sale despacito, comprueba que César no está y echa a correr hacia la cafetería, atravesando los dispensadores.

En el interior del establecimiento, nadie la ha visto empujar la puerta. Alguno que otro repara en ella como aparecida de la nada, cual genio de la lámpara que deja tras de sí un halo humeante, mágico. Se escuchan las bisagras que se quejan del empujón.

—¡Por favor, un teléfono!

La mujer de detrás de la barra cubre su gesto con graciosos rizos de cobre, golpea las cucharillas contra los platitos de café y no parece haberla oído. Marta pone la mano encima de uno de ellos antes de que reciba a su cucharilla.

Dos ojos diminutos, marrones y desarropados de pestañas se amarran al movimiento de sus labios para entender lo que dice.

—¡Necesito llamar por teléfono!

Hace una mueca que pretende una sonrisa y señala hacia la plancha. Colgado de la pared, grasiento, dormita un teléfono de cable, antiguo y ajeno al paso del tiempo.

Marta busca con la mirada un hueco a lo largo de la barra que la permita pasar. En el extremo opuesto cree distinguir uno. Se lanza hacia él y estruja su cuerpo hasta que logra entrar. Cuando levanta la cabeza, tiene a César enfrente, no sabe interpretar su gesto.

—Marta…

Hay un tipo con una parca marrón que sentado en la banqueta de la máquina, recibe un chupito, contempla la escena impasible.

—Sal de ahí, por favor.

Como Marta no reacciona, se dirige también hacia el hueco. La mano que ha servido el chupito se transforma en un hombre corpulento que se lo impide.

—¿Dónde coño crees que vas?

César mira a Marta y el hombre la ve por primera vez, con el auricular en la mano, temblando.

—¡No sé quién te va a contestar, guapa! ¡Ese teléfono es de coña! ¡Tiene más años que yo!

Rompe a reír y mira a la mujercilla de rizos de cobre que pega su espalda contra la pared, asustada.

—¡Mari! ¿Estás tonta o que te pasa? ¿Por qué coño la dejas pasar?—Vuelve a Marta— ¡Sal de ahí, guapa, y vete cagando leches con tu novio antes de que me líe a hostias con los dos!

César intenta calmarla.

—Marta, todo está bien. Te he asustado, lo siento. Se me ha ido la olla, volvemos al pueblo.

Está realmente confundida y prefiere no agravar la situación, tampoco sabe si todo ha sido fruto de su exagerada imaginación. Agacha la cabeza y abandona la barra. César la rodea con su brazo izquierdo y le besa en la cabeza.

—Siento haberte asustado.

Salen juntos del bar y se meten de nuevo en el coche. Apenas arrancan, César posa su mano en la pierna de Marta, como había hecho horas antes, cuando todo les condujo a pasar un buen rato. El gesto le reconforta, recupera la respiración y las ganas de hablar.

—Perdona.

—No, perdóname tú. No entiendo el cabreo de Víctor. Ha sido vergonzoso.

—¿Por qué haces esto, entonces?

—¿El qué? ¿Que coja el coche y me pire? Siempre lo hago cuando las cosas se me complican…Conducir me relaja.

—Tío…tengo que reconocer que me he asustado. Víctor estaba furioso y…no sé…cuando entraron…la habitación estaba asquerosa…esas manchas (ríe confundida)… ¡Llegué a pensar que había pasado algo!

—Bueno, es una cerdada reconocerlo. En esa cabaña hemos follado todos desde que éramos unos críos y no recuerdo haber quedado a limpiar jamás. ¡Te hablo de más de quince años!

—Me lo imagino. ¿Lo arreglaréis, no?

—¡La amistad fijo, el cuarto ni de coña!

Los dos rompen a reír. Marta pone la radio y sintoniza una emisora de música comercial. César sube el volumen, cuando suenan las conocidas, las cantan, como dos amigos de viaje.

—Oye, ¿no dijiste que estábamos llegando a Huelva?

—Así es...

—¿Qué tal un bañito?

—(La mira divertido)¡Cojonudo! ¿Baño y vuelta a casa?

—¡Venga!

Aparcan pegados a la playa. Está nublado. Salen del coche.

—¡Joder, hace un frío de cojones!—Dice César golpeando el techo del vehículo.—¿Hay huevos?

—¡Más gordos que los tuyos!

La respuesta le provoca una carcajada. Se baja los pantalones y se los deja caídos en los tobillos, se aparta para que Marta pueda verle y da una vueltecita sobre sí mismo con las manos en plegaria.

Marta ríe y se quita el jersey. El levante le azota el pecho y el vientre, tiene la piel de gallina y empieza a amoratarse.

—¡Pues a correeeeeeeeeeeer! –grita César tras deshacerse de la pernera del pantalón de una patada y embestir dirección al mar.

Marta le sigue deprisa. Ambos van despidiéndose de sus últimas prendas hasta quedar totalmente desnudos al meterse en el agua helada.

—¡Me cago en la putaaaaaaa!

—¡Guaaaaaaaaaaaa!

Una vez envueltos por el mar congelado, se besan. Cambian de opinión y optan por pagar una habitación, quizás para probar el sexo en un lugar íntimo por primera vez.

La travesura les ha divertido y excitado como para hacerles creer que son una pareja de enamorados al margen del mundo. Se abandonan de nuevo al baile maldito de manos, lenguas y sudor.

Se quedan dormidos, agotados y plenos. Cuando César despierta tiene el cuerpo de Marta desnudo y caliente a su lado. Fija su mirada en el techo, dejando que el cerebro corra salvaje por las esquinas de su imaginación ahora relajada. Un zumbido le saca del trance, mira hacia la mesilla y ve cómo el móvil da saltitos mínimos y constantes. Vibra. Alguien llama.

El pulso se le acelera y la memoria regresa a él con violencia. Coge el aparato y se encierra en el cuarto de baño. Es Víctor.

—Hola, tío.

—Hola. ¿Cómo va todo?

—Bien…eh…estamos en Huelva…

—No quiero saber dónde estáis. ¿Cuándo te la cargas?

—Esta noche.

—¿Esta noche?

—Es que se ha mosqueado y he tenido que darle un poco de coba…Por poco me la lía…

—Vale. Oye...

—¿Qué?

—Tu madre ha estado en la iglesia… ¡Ah!…por si no te acuerdas, el Santi ya se ha casado, estamos de fiesta (ríe). Bueno pues eso…tu vieja quiere saber dónde coño andas, te ha llamado y no se lo pillas. Llámala y que se calme, a ver si lo va a joder todo. Oye…

—¿Qué?

—No la cagues. Esta tía no va a callarse, hay que cargársela.

—Ok.

Víctor cuelga reclamado por el resto del grupo que carga con el recién esposado en calzoncillos, pidiendo propina por las mesas. Se une a la caravana metiendo bulla. En la tercera mesa, una mano cae pesada en su hombro. Lucio está muy serio.

—Vamos a hablar.

—¡Hombre, agente! ¡Tómese algo!

—Estoy de servicio.

—Pues mala suerte, agente. ¡Los demás viviremos la vida por ti!

Lucio le planta un brazo en el pecho impidiéndole el paso y le señala la entrada al salón, allí ve a la madre de César que lucha por mantenerse de puntillas, en un desesperado intento de localizar a su hijo.

—Esta señora quiere saber dónde está su hijo y yo también.

—Y yo qué sé, ya se lo he dicho en la iglesia, ¡ni puta idea!—sonríe malicioso—¿Desde cuándo te dedicas a buscar tíos que escapan de sus madres? ¿Tan aburrido es su curro, señor agente?

—La señora está preocupada, daba por hecho que César estaría aquí y no le ve. Además, da la puta casualidad de que yo le vi ayer con alguien a quien tampoco encuentro hoy por ninguna parte.

—Pues tú lo has dicho, agente, no somos hermanos siameses.

—Vosotros no os separáis ni para cascaros una paja.

—Ya…es que tengo entendido que a Cesitar, anoche, se la estaba cascando otra.

El teniente le separa de la celebración y se lo lleva del brazo a un lateral del salón, pega su rostro al de él.

—Estoy llamando a Marta y no me lo coge.

—Agente Lucio, —susurra—no se contesta al teléfono mientras se folla.

Lucio enrojece, le tiemblan las manos. Va a tener razón Juan con eso de permitir que una cría te trate de cornudo a sabiendas del pueblo entero. ¿Quién le va a respetar? No es una cuestión personal, salpica al desempeño de su profesión.

—Espero que te lo hayas pasado en grande porque la boda se ha terminado.

Se separa con ademanes descontrolados y se dirige a la mesa del pincha, da un tirón seco de los cables y la música deja de sonar.

Los invitados se miran extrañados, cuchichean, nadie entiende nada. Lucio se coloca entonces en el centro del salón.

—¡Señores! ¡Siento comunicarles que la fiesta ha concluido! ¡Vayan abandonando el local en orden, por favor!

Se escuchan risitas, hay quien piensa que es una broma. La pobre novia permanece de pie, con la boca abierta, sin saber tampoco si tiene que reír o berrear. Su hermana la tiene cogida por la cintura y la ofrece su copa de cava.

—Elvi, bebe…tranquila…

Don Fernando se acerca a Lucio.

—¿Qué pasa, hijo?

—Pasa que es la hora de apagar la música y dejar de hacer ruido.

—¡Son solo las dos de la madrugada!

—Efectivamente.

—¡Estamos de boda!

—De boda en un local que no tiene la clase de concesión que les permitiría a ustedes quedarse de juerga hasta mañana.

—¡Lucio, hijo! ¡Es la boda de mi pequeña! ¡Siempre hacéis la vista gorda en estos casos!

Lucio se vuelve hacia su interlocutor, posa su mano izquierda sobre el hombro del padrino y le ofrece la derecha, el coronel se la estrecha fuerte, midiendo las fuerzas.

Con la mano del uno encajada en la del otro, enmarcan un breve silencio que pesa sin embargo en toda la sala.

—Don Fernando, mi más sincera enhorabuena.

—Gracias, hijo.

Sus labios parecen tirados por un hilillo que le anima a medio sonreír, confiado en que el agente por fin ha entrado en razón.

—Dígale a sus invitados que se marchen.

10

Alberto se pasaba la mayor parte de los días encerrado en su cuarto, leyendo Spiderman, Flash Gordon y el resto de sus sagas preferidas, a veces las combinaba con proyecciones interminables de Dune y La Guerra de las Galaxias.

Lourdes no reparaba ya en sus numerosos disfraces caseros cuando llamaban a la puerta. Abría sin ser consciente de que llevaba su larga melena recogida en dos moños, como la Princesa Leia, o no terminaba de librarse del concienzudo cardado de Chewaka.

Desde que su hijo perdió el norte, el matrimonio había empezado a caer en picado, sin frenos, consecuencia de que cada uno marchaba por su propia senda.

Las discusiones eran cada vez más recurrentes: mientras que ella le reprochaba su pulcritud a la hora de tratar con el enajenado, él la ridiculizaba por zambullirse en las fantasías de un loco y avivarlas, en lugar de enseñarle a combatirlas.

Al volver a casa después del trabajo, Alfonso permanecía al otro lado de la puerta un par de minutos, cerraba los ojos, respiraba profundo y se decía, *Esto también pasará*, pero no pasaba.

Entraba en lo que un día fue su hogar, esquivaba los silencios que su mujer le lanzaba despiadadamente y llegaba hasta el pasillo donde la figura alargada, vestida de negro de su único hijo, le saludaba.

—Barón...

Una vez en el dormitorio, tiraba el maletín en la cama y se dejaba caer detrás, de espaldas, con las pupilas aguadas, añorando los momentos en los que aquel improvisado hospital psiquiátrico fue una familia.

La mujer de la que estuvo enamorado, el pequeño cabezón que lloraba todas las noches desde el día que vino a este mundo, el fútbol en el parque, la adolescencia, la universidad y ella, la chiquilla que les presentó una noche diciendo que era su novia.

La mujer que años después anunció como su prometida, la que sería su socia en el bufete de abogados que habían proyectado y quien definitivamente apretó la maldita tecla que su hijo escondía en el cerebro. Así se lo explicó el neurólogo, ante el primer brote.

—Su hijo no ha enfermado de repente, ha tenido esta dolencia toda la vida. La esquizofrenia tiene un componente heredado, es posible que usted o su mujer posean la misma tecla, por llamarlo de algún modo, en el cerebro, pero no ha sido pulsada. Para desgracia de Alberto, algo o alguien se ocupó de esto último.

—¿Pulsada?

—Un acontecimiento o situación altamente estresante, hace que la primera crisis aparezca. Me comentan que el chico estaba preparando su boda y que la novia le ha dejado sin explicaciones, que ha desaparecido.

—Bueno, desaparecido, entiéndame…se ha enamorado de otro…le ha dicho…

—Suficiente.

—¿Suficiente? A todos nos pasa algo así en la vida. El mal de amores es algo normal… ¡Es jodido lo que le ha pasado, pero se supera!

—La gente normal, sí. La gente sana.

—¿Es que insinúa que mi hijo no es normal? ¿No está sano?

—Mentalmente hablando es un enfermo.

—¡Tiene veintisiete años y siempre ha sido normal! ¡Se ha sacado una carrera! ¡Tiene un puesto de trabajo!

—Señor, ya se lo he explicado.

—¿Se va a curar? ¿Volverá a ser el mismo?

—Con la medicación puede que aprenda a distinguir entre la fantasía y la realidad, pero nunca dejará de sufrir los delirios. Son ustedes afortunados…al menos no es agresivo.

Años después de la conversación, ahí estaba él, padre de un demente al que no comprendía, planeando en parapente sobre la sierra madrileña, intentando que la grandiosidad de la naturaleza se colara por su alma y le permitiera descansar.

Los descensos se habían convertido en su pequeño salvavidas de fin de semana, conseguía con ellos llegar a la orilla de su océano mental, se olvidaba por unas horas de que su vida se iba al traste y luego retornaba, sumiso y estoico a su disparatado destino.

Pero esta vez algo fallaba, la angustia seguía presionando su pecho y las lágrimas le daban una visión borrosa e imprecisa del entorno.

Pensó en acabar con todo de esa manera, haciendo lo que siempre le gustó hacer, volar. ¡Adiós a toda la mierda que se le había venido encima! Ya no era marido, ya no era padre, había dejado de sentirse un hombre.

Soltó el arnés derecho y su cuerpo quedó colgando, indefenso, como si una fuerza poderosa hubiera tirado de él. Descendió unos metros. La carretera se distinguió con claridad, cercana. Instintivamente miró en ambas direcciones para asegurarse de que no circulaba nadie por ella.

La caída era más veloz de lo que esperaba y apretó los párpados para que su cobardía natural no le hiciera huir de su empeño.

Fue entonces cuando un ruido de motor le hizo abrirlos y descubrir aquel coche contra el que chocaría si no hacía algo por remediarlo.

Irse de esta vida por propia voluntad arrastrando a algún inocente, distaba mucho de la calma que esperaba encontrar en el suicidio.

Irguió su cuerpo pesado tirando del cuello, con un dolor similar a habérselo partido e intentó re-abrochar el arnés liberado. Su mano derecha palpaba nerviosa, el pecho, su cintura.

El techo del vehículo estaba cada vez más próximo. Con una agilidad ajena en un hombre de sus años, logró flexionar las piernas y levantarlas a la altura de la cabeza, lo que provocó que el artilugio volador improvisara un rotundo giro, segundos antes de culminar su descenso.

La figura redondeada que dibujó con la postura de sus piernas al abrazar su cabeza, le transformó en una pelota gigante que rodó por la cuneta que bordea la carretera. Sintió cada uno de los golpes que mancillaron sus lumbares, sus piernas, su cara, su estómago, hasta que todo paró.

Tumbado boca abajo, al intentar discernir entre la muerte y el renacimiento, vio cómo el coche paraba un poco más adelante, cerca del anfiteatro. De él se bajaba un hombre joven, abría el maletero, sacaba el cuerpo de una chica, cargaba con él hasta la cuneta y lo dejaba caer.

Esperó agazapado y cuando el vehículo desapareció, se puso de pie y cojeó hasta la cafetería de la pista. El camarero salió a su encuentro.

—¡Coño, Alfonso! ¿Eres tú? ¿Qué te ha pasado?

—Miguel…llama un ambulancia…he vuelto a nacer…

Miguel se apresura a sentarle y después marca el número de urgencias en su móvil personal mientras le prepara una taza de caldo detrás de la barra.

—Me han dicho que si estás bien no mandan el ambulancia, andan pillaos. Se ponen en contacto con la Guardia Civil de Álamos y suben. ¿Qué tal te encuentras?

—¿Bien?—Pega un sorbo al caldito.—No tengo ni idea…

A la media hora oyen el ruido de un motor de coche cediendo, un portazo, otro. Entran Lucio y Juan.

—Buenas tardes, ¿el accidentado?—pregunta Juan.

—Hola, agente, es ese hombre de allí, Alfonso…Está bastante asustado. ¿Van a tomar algo?

—Gracias, no.—contesta el teniente mientras se dirigen a la mesa donde espera Alfonso, aturdido, hipnotizado.— Buenas tardes, ¿cómo se encuentra?

—Un poco nervioso.

—Normal…Lo raro es que no se haya matado, hombre. ¿Era su primera vez?

El camarero contesta por él, con los brazos en jarra, situado detrás de los agentes.

—¡Qué va! Alfonso es de mis mejores clientes ¡Llevará unos tres años tirándose con el plastiquito de los cojones!

—Un descuido, entonces, caballero –apunta Lucio.

—Un descuido…

—Se acaba el caldito y le acercamos al ambulatorio, que tenemos que cubrir el pregón—Juan pone una mano sobre su hombro.

Sin mediar más palabras, Alfonso se levanta y se deja ayudar por los agentes que le conducen, cada uno debajo de una axila, hasta el vehículo policial.

Catorce puntos en la cabeza y un recetario de nolotiles para combatir las magulladuras musculares, bueno, amén de collarín y férula en la muñeca izquierda.

Cuando Lourdes le recoge, unas dos horas después de que iniciaran su reconstrucción, no da crédito.

—¡Alfonso, desde luego, con el panorama que tenemos en casa y tú jugándote la vida!

Alfonso no habla. Los años de convivencia le han enseñado a optar por el silencio para no provocar la furia de su esposa.

—¡He tenido que dejar a Alberto solo!

—¿Cómo se te ocurre?—Reacciona alarmado.— ¡Haber llamado a mi hermano!

—Tu hermano está en Cantabria de vacaciones, ¿lo has olvidado? No creo que pase nada…le he puesto La Guerra de las Galaxias.

—¿Cuál?—la duda parece esconder la clave del fin del mundo.

—Yo que sé…la primera…

—¿La primera? ¿Estás segura?

—¡Sí, sí, estoy segura! Lo ponía bien clarito en la carátula, "E P I S O D I O   U N O"—lo dice recalcando la pronunciación en cada sílaba—¡Aún sé juntar las letras!

Alfonso pega un salto en su asiento.

—¡Esa no es la primera! ¡Las actuales le ponen de mala hostia!

No era su mujer una experta en la saga Jedi, eso había quedado claro en los años de delirios que llevaban compartiendo con su hijo.

Alfonso se imaginó el escenario que encontrarían a su llegada a Madrid: probablemente, Alberto habría lanzado el resto de películas contra la pantalla y les esperaría temblando en algún rincón de la casa, tal vez en la bañera del cuarto de baño del matrimonio, canturreando la banda sonora de la uno, de la auténtica.

Antes de que llegaran a casa y pudiera comprobar lo poco que fallaban sus predicciones, Alfonso necesitó contarle a Lourdes lo que le había pasado, no la razón del inexplicable accidente—su suicidio— sino lo que vio después.

Tras volverle a gritar, le aconsejó, o más bien exigió, que llamara a la policía y lo contara en cuanto llegaran a Madrid.

***

Diez minutos después de que Alfonso se decidiera a marcar el 091, en la mañana del lunes siguiente a los hechos, Lucio entraba en el cuartel de Álamos, sonreía a pesar de la presión que en el diafragma, le complicaba la autómata acción de tragar saliva: aún no sabía nada de Marta.

—¡Mister! ¡Madrid! ¡La Gorda!

Míster era el apodo de Lucio en su cuartel, no por nada era el guardia civil mejor formado de la comarca, nadie comprendía por qué tras sacarse las oposiciones de Policía Nacional, había ingresado en la benemérita para acabar patrullando por su pueblo natal.

Carambolas estrambóticas aparte, no se le podía negar sus méritos, y de ahí lo de *Míster,* de ahí y de la tangencia con la que el fútbol determinaba las ocurrencias de sus compañeros de cuerpo. *La Gorda* es como se referían a la Policía Nacional los picoletos de vida rural y *Madrid* es Madrid, tal como suena.

—Buenos días. Teniente Sarraceno al habla.

—Buenos días, acabamos de recibir la denuncia de un ciudadano al que el domingo pasado usted y un compañero auxiliaron en la pista de parapente del Puerto de la Cruz Verde: Don Alfonso Barros.

—Sí, claro…se accidentó y le acompañamos al ambulatorio del pueblo.

—Le adjunto por e-mail copia de la denuncia para que tenga conocimiento de los hechos denunciados. Enviamos dotación de inspectores para la investigación. Llegarán esta tarde. ¿Alguna pregunta?

—¿Me puede adelantar algo?

—El testigo dice que vio a un hombre tirar un cuerpo en la zona de las minas.

—…No nos dijo nada…

—Puede que fuera por la conmoción…ya sabe…

—Sí…

—Los detalles los tiene en la denuncia. Buena suerte y buenos días.

—Buenos días.

Abrió el correo y descargó el archivo. Al tiempo que observaba la cuenta atrás del porcentaje del documento descargado, intentaba concentrarse en predecir lo que leería a continuación, pero no dejaba de pensar en Marta. *¡Maldita niña!*

Cuando por fin pudo leer la denuncia, se le instaló un picor raro en la planta del pie derecho. Pensó en Matasantos, con quien habló justo antes del pregón, calmado y lógico, convencido de que su hija iba a aparecer tarde o temprano y en todo momento, viva.

Pensó en la descripción del coche del joven a quien el parapentista vio arrojar el cuerpo, y aunque le sonaba el detalle de las margaritas en el guardabarros, no lograba asociarlo a nadie en concreto.

—¡Juan!

—Dime, Mister.

—Creo que la hija de Matasantos ha aparecido.

Juan tenía los carrillos rebosantes de desayuno y arqueando las cejas gruesas que le aportaban ese aire de vigilante de corral, que tanta credibilidad le restó en los tiempos del ejército, señaló con el pulgar el teléfono que su superior acababa de colgar. La Gorda solo llama para dar malas noticias.

—¡No me jodas!

11

El Festival de Teatro de la Antigua Mina no ha conseguido este verano la subvención necesaria para iluminarse por las noches, así que a falta de la cartelera al aire libre, las antiguas viviendas de los mineros no son más que ruinas flotantes entre Madrid y Ávila. Los coches aguardan aparcados contra sus muros cerca ya de una hora.

Los inspectores llegados desde Madrid, junto a Lucio y Juan, revuelven los matorrales de la zona y palpan la hierba. Por fin distinguen una especie de hueco en una de las zarzas que desciende por la última cuneta, grande y machacado, sin rastro de nada más.

—Está claro que de aquí se han llevado algo—dice un inspector de unos cincuenta y pico años, de aspecto castigado y poco pronunciado en su aseo: Leandro, sin apellidos, en su unidad solo los conoce la administrativa.

—Nos han ganado por la mano –apunta Juan.

—No creas...yo diría que lo que fuera se lo llevaron ayer...nos han sacado mucha ventaja.—El inspector se dirige ahora a Lucio,— ¿cómo habían encauzado la búsqueda de la chica?

—Más bien no lo habíamos hecho.

El inspector le lanza una mirada poco amistosa.

—Desaparece una chica en su municipio, ¿y no la busca?

—Desapareció en Madrid.

—En Madrid la están buscando.

—Querrá decir que está en la lista de desaparecidos.

—Teniente, yo sé perfectamente lo que quiero decir, ¿qué quiere decir usted?

Lucio recuerda los atajos para controlar la ira que le diagnosticaron en la Policía Nacional y por la que tuvo que cambiar de cuerpo y destino. Amén de hacerse el cursito que aprobó cum laude, gracias a los arañazos en la espalda que le dejó aquella psicóloga desequilibrada.

Cierra los ojos e imagina que camina por una ladera brillante y que respira calmado, cada vez más calmado… *Esto es una mierda* se dice y regresa a la conversación real.

—En los pueblos los asuntos se llevan de forma distinta, inspector. La familia está convencida de que se trata de una escapada, no quieren organizar ninguna batida para no perjudicar a ninguno de sus hijos. Si la chica regresa, no quieren que se la recuerde por ningún escándalo.

—¿Y si no regresa?—Ahora es Olegar, el inspector más joven, quien intenta comprender la compleja psicología que les explica Lucio. Arruga su ceño y le apunta decidido con un mentón prominente y envuelto en frondosa barba.

—Eso sencillamente no se lo plantean.

—Bien,—Leandro es el primero en tender un puente amistoso y le suelta un golpecito en el brazo a Lucio mientras le guiña un ojo— yo soy de provincia, ¡no como este! Creo que entiendo lo que me cuenta. De todas formas, estamos aquí por la supuesta visión de un crimen, pero a la vista está que no hay cadáver, podría ser la chavala desaparecida o cualquier otra…No sería la primera vez que la cosa se enrevesa.—Acompaña el personal vocablo llevando una de sus manos a la cabeza y dibujando un bucle imaginario.

Esta última suposición, en la que Lucio no había querido reparar, le hace volver a pensar en Marta, ¿y si fuera ella? Recorre con la mirada el lugar que les rodea, como si lo tuviera ante sí por primera vez.

—Volvemos al pueblo.

***

En Álamos, esquivan jóvenes agarrados a otros jóvenes y a minis de bebidas alcohólicas, suena orquesteo de pueblo por los rincones, huele a fritanga y a petardos. Los habitantes se gritan en lugar de hablar y se regalan abrazos. Les cuesta abrirse paso, a pesar de ser la autoridad, y Lucio se ve obligado a tocar el claxon en repetidas ocasiones.

Un grupo de chicas fuma y bebe en la puerta de la pizzería nueva, se apoyan en un coche verde chillón o amarillo, cuando el agente las pita, le saludan y se apartan rápidas, todas menos una, que acaba de perder un zapato.

En el grupo estallan las carcajadas y Lucio sonríe, la situación no deja de ser divertida. La improvisada cenicienta logra a duras penas calzarse su tacón, apoyada con su mano derecha contra el vehículo.

Al recuperar la bipedestación, deja visibles cuatro margaritas haciendo equilibrio sobre el guardabarros. Lucio mira a su compañero que no parece haber reparado en nada más que en la comicidad del momento. Interpreta la llamada de atención gestual de su superior, se fija por fin.

—¡Hay que joderse!

Lucio echa el freno de mano y bajan. Los inspectores de Madrid les siguen sin preguntar. Los cuatro se meten en el local, que está de bote en bote, siguen a las chicas que se dirigen al servicio, la del traspié es la última de la cola. Lucio le toca en el hombro.

—¿De quién es el coche?

—¿Qué?

La chica se ha girado y se ha quedado seca al ver al guardia civil pegado a su cara.

—El coche en el que estabais apoyadas, ¿es tuyo?

—¿Mío? No, no…que va…

—Pues de quién es.

Se pone de puntillas y escruta el largo de la fila, señala a la muchacha tres puestos por delante. El teniente va hacia ella.

—Perdona, ¿es tuyo el coche de afuera?

—¿El coche? Eh…sí…

—Acompáñame.

—¿Qué pasa? ¿Está mal aparcado? ¿Es que también multáis en fiestas?

—¡Acompáñame!

—…es que me meo mucho, señor agente…me toca ya…

Lucio recapacita y entiende que la charla será mucho más productiva si la deja mear.

—Venga, adelante, te esperamos aquí.

Apenas tarda unos minutos y sale colocándose la ropa y sonriendo, a pesar de no entender nada. Lleva varias horas de festejo que la impiden ponerse seria. Los inspectores salen los primeros, luego Juan, en medio ella y el último, Lucio.

Se encamina hacia el coche y saca las llaves, Lucio le agarra del codo.

—¿Dónde va, señorita?

—…a mi coche…

—Su coche está ahí (señala en dirección opuesta).

—Eh…he bebido un poco pero mi coche está allí (recalca al señalar en la dirección que tomaba en un principio).

—Usted estaba con sus amigas en el vehículo amarillo aquel.

—¡Ah! ¡Sí! ¡Ese no es mi coche!

—¿Y por qué su amiga dice que el coche es suyo?

—¿Qué amiga?

—¡La del zapato! (Lucio empieza a ver flojear su paciencia)

—¿Qué zap…? ¡Aaaaaah! ¿Berta? Joder… ¡Esa ya no sabe ni quién es ella!…mi coche…

La absurda conversación es interrumpida por el silbido de Juan que ve cómo el coche de las margaritas arranca y sale disparado. No ha podido ver quién se ha metido adentro.

Lo más rápido que puede, el equipo se divide para reunirse cada mitad en el vehículo correspondiente. Sendas parejas hacen sonar las sirenas.

El coche amarillo se incorpora a la carretera que rodea el pueblo, ellos lo hacen detrás pero justo en el ceda, un vehículo se les mete entre medias desde el vado de una vivienda, esto les obliga a aminorar el ritmo, le pitan, le piden por los retrovisores que se aparte.

La calzada es estrecha y deben esperar cincuenta metros hasta que el espacio a los lados permite que el inoportuno se eche a uno de los laterales y les deje pasar. Vuelven a pitar al coche de las margaritas y le indican que se detenga, este aminora, da el intermitente, se mete en una de las callejas que salen hacia el centro y para el motor.

Lucio se baja del coche y se aproxima, repara en que hay gente en la parte de atrás, llega a la ventanilla del conductor.

—¡Los papeles del vehículo, por favor!

Una mano de mujer le saca la documentación, se atusa, nerviosa, el pelo. Elvi había salido con su hermana y unas amigas a olvidar el estrambótico final de su banquete de bodas.

—Elvi, nos tienes que acompañar al cuartel.

—¿Yo? ¿Po…por qué? ¡Hazme la prueba si quieres! ¡No he bebido más que un par de cañas!

—No es por eso. Diles a tus amigas que se marchen andando.

—¿Andando? Mi…mi hermana está embarazada y nuestra casa pilla… Mejor me voy yo con vosotros y vuelven ellas en el coche.

—El vehículo te lo tengo que requisar.

—¿Requisar? ¿Qué le pasa? ¡Tiene la ITV!

—Bajar del coche, por favor.

Juan abre una de las puertas traseras y tres mujeres desfilan sumisas, una, con incipiente barriguita de gestación, es la que le grita a su hermana.

—¡No te preocupes, Elvi! ¡Ya le digo a papá!

En el cuartel, la recién casada se esfuerza en mantener el tipo y sigue al teniente que abre una puerta y la invita a pasar: una mesa alargada, tres sillas, cuatro paredes vestidas únicamente con una pintura amarillenta y vieja.

—Siéntate, Elvi.

Se sienta.

—¿El coche es tuyo?

—Claro, Lucio…lo pone en los papeles y lo has visto otras veces…somos casi vecinos…

Lo dice titubeante mientras observa cómo los otros dos hombres entran en la sala, se sientan y Juan se queda junto a la puerta, después de cerrarla.

—¿Qué pasa? ¿Es una broma?

—No. No es una broma. Hay un problema con tu coche, Elvi.

—¿Qué problema?

—Señorita, su vehículo está implicado en la comisión de un crimen—se adelanta Olegar.

Lucio le mira molesto, que le pasen por encima es algo que nunca ha llevado bien. Retoma la iniciativa en la conversación.

—Han interpuesto una denuncia en la que se describe un coche de similares características al tuyo y el asunto es feo.

—¿Similares características? Es un cochecito normal. ¿Tienen mi matrícula? ¡Puede ser cualquier otro!

—El denunciante no pudo ver la matrícula pero sí las margaritas del guardabarros.

—¿De qué me estáis hablando? ¡Es mi coche! ¿Qué crimen? ¡No entiendo nada!

La desesperación de Elvi es evidente. Está claro que no tienen delante al hombre joven que el testigo dice haber visto y el interrogatorio corre el riesgo de estancarse.

—Elvi, ¿alguien ha cogido tu coche últimamente?

—¿Qué? ¡No! Con lo de la boda no lo había movido en una semana o así…Santi no quiso que fuera en él a la iglesia, dice que es una horterada.

—¿Santi?

—¡Sí, Santi! ¡Mi marido!

—¿Y él? ¿Conduce tu coche?

—¿Él? Claro.

Isabel, la secretaria de Lucio irrumpe en la sala.

—Teniente, el padre y el esposo de la señora están afuera, insisten en hablar con ustedes y detener el interrogatorio.

Por encima del hombro de Isabel, aparece la cara del ex coronel, de puntillas pretende ver y ser visto, pero a duras penas consigue superar el parapeto de mujer corpulenta y firme que tiene delante. Cuando ésta se lo permite, siguiendo las indicaciones de su jefe, recupera su barbilla apuntalada y su ceño beligerante y orgulloso.

—¡Papá!

Elvi se levanta y llorosa se lanza a sus brazos. Nadie se lo impide. Don Fernando la abraza y cierra los ojos fuertemente, cuando los abre, lo hace para dirigirse a Lucio.

—¡No pienses que voy a olvidar lo sucedido! ¡Ni esto ni lo del banquete! ¡Tampoco creas que ya no tengo balas con las que escocerte el trasero! ¡Toda tu familia ha sido siempre el hazmerreír del pueblo y te crees que vistiéndote un uniforme vamos a pensar que eres alguien!

Agarra a su hija por la cintura y les da la espalda. Escoltado por su yerno, dan apenas tres pasos en dirección al recibidor del cuartel.

—¡Santi!—Grita Lucio— ¿Por qué no ocupas el lugar de tu mujer?

Los tres prófugos paran en seco en mitad del pasillo.

—¿Cómo dices? –pregunta el aludido.

—Digo que nos gustaría hablar contigo.

—¿De qué?

—No sé…de la vida…Acompáñanos, por favor.

—Yo no tengo nada que hablar con ustedes.

—Nosotros creemos que sí.

Santi mira a su suegro a quien le tiembla el párpado izquierdo, y se dirige a los agentes.

—Cuando consigas una orden, hablaré contigo. Abogado mediante.

—¡Búscate tú otro, Lucio! ¡Lo vas a necesitar!—Grita Don Fernando esquivando los cachetes con los que su hija intenta calmarle—¡Al igual que otro puesto de trabajo!

***

Ha recogido a Luc en Madrid y vuelve al pueblo, prueba suerte con Marta, a ver si esta vez le pilla el teléfono, le propondrá que pase el fin de semana con ellos.

107

También piensa que si se lo coge va a pasar del plan y ahora que todo apunta a que el niñato ese la ha tocado un poco, es muy probable que haya llegado el momento de ser despachado por su joven amante: *¡¡Bye, Lucio!!*

Sigue sin contestar. Conduce y guarda silencio para escuchar la respiración del pequeño que duerme atrás profundamente. Pasarán otro fin de semana los dos solos.

Al llegar a casa saca al niño del coche.

—¡Lucio!

—¡Coño, Ruti! ¡Casi nos matas del susto! ¿Qué haces aquí?

—Marta no me pilla el teléfono ¡Estoy un poco rallá!

—A mí tampoco…Me han dicho que está ocupada…

—¡No te hagas el duro conmigo! ¡Que no te pille a ti el móvil estando con otro tío es normal!

Lucio la mira un tanto perplejo por su falta de delicadeza, pero se recompone rápido.

—Ya…anoche la vi con el chico este…cómo se llama…Óscar el de los…

—¡Se llama César! No me gusta ese tío.

—Yo pensé que te gustaban todos –le devuelve la puñalada.

—¡Lucio!

—Perdona, entra y hablamos. Solo déjame meter a Luc en la cama y me cuentas.

—Vale, ¡Nada de polvos repentinos que luego todo son arrepentimientos!

—¿Ves cómo te gustan todos?

—¡Casi todos! (sonríe y le sigue por las escaleras).

Le espera en el saloncito, se entretiene con las fotos del poli cuando era pequeño, alguna que otra de él con su ex mujer y el pequeño Luc, y muchas de bodas de desconocidas y desconocidos, tapetes de ganchillo y figuritas de cerámica; luego recuerda que Marta le había comentado que se negaba a follar en esa casa, que aún apestaba a sus padres y a su ex, y que por eso lo de alquilar la habitación de hostal.

Cuando le ve aparecer por la puerta, se sienta en el sofá.

—¿Quieres tomar algo? –Lucio lleva un vaso con hielos.

—No. No quiero enrollarme, solo quiero que la llames delante de mí.

Lucio abre el armarito de encima de la tele y se sirve un ron.

—La he llamado hace quince minutos y no me lo ha pillado –aclara tranquilo.

—¡Llámala, please!

Resignado, se sienta en la silla de enfrente y marca el número, pone el altavoz. Se miran mientras suena la señal de llamada, seis hasta que cuelga. Ruti marca inmediatamente después y vuelven a esperar, tampoco se lo coge.

—¡A ésta le pasa algo! –dice Ruti entre preocupación y cabreo.

—No le pasa nada…está con el niñato ese ¡Ya te lo he dicho! Tampoco ha dormido en su casa, han debido hacer una escapadita. La madre estuvo en el banquete de bodas y tampoco sabe nada de él.

—¿Y a ti te parece normal que no fuera a la boda?

—Si hay una tía de por medio…

—Ya, no sé, tío…sobre todo ahora, con lo que le ha pasado a la hija de Matasantos…

Lucio interrumpe el trago.

—¿Qué le ha pasado?

—¡Joder! ¡Lo de que se ha esfumado también! (Ruti le mira extrañada)

El teniente vuelve a beber y se reprende mentalmente, el cerebro le ha jugado una mala pasada y de repente ha creído que Ruti sabía lo del cuerpo desaparecido.

—Bueno…lo de la chica de Matasantos es un hecho aislado que no creo que tenga nada que ver con Marta.

—¿Y si lo tiene?

Apoya el vaso en la mesilla y mira a Ruti, a sus ojos enormes y alarmados. Conoce a esta chica desde que era una niña y nunca la había visto preocuparse por nada, *¿y si lo tiene?*

—¿Qué pasa, Ruti? ¿Sabes algo que yo no?

A Ruti se le han llenado los ojos de lágrimas y el timbre de voz es ahora algo más ronco.

—Yo…yo sé que ese tío no es de fiar.

—¿Lo sabes? ¿Por qué?

—Me enrollé con él hace un tiempo.

—(Rompe a reír) ¡Dios! ¡Ruti! ¡Creo que soy el único varón menospreciado por tu apetito sexual!

—¡No estoy para bromas, Lucio! Eres el primero al que le voy a contar esto y lo hago por Marta, pero si no me tomas en serio me largo ahora mismo.

La pericia le ayuda a distinguir el miedo en las palabras de Ruti.

—Perdona, Ruti, sigue, por favor.

—Nos enrollamos hará unos tres veranos…fue el primer año que curré en el súper, él compraba el pan todas las mañanas y empezamos el tonteo…una noche, Marta me dejó colgada y pasó de salir, entonces, yo, ya me conoces, salí sola. Iba subiendo la calleja hacia el Trena y un coche me pitó por detrás, al asomarme por la ventanilla vi que era César.

»Me subí y nos enrollamos en el aparcamiento del tanatorio. En medio de todo, le sonó el móvil y contestó. Dijo algo así como que era muy pronto, colgó y me dijo que teníamos que dejarlo, que me llevaba a casa… a mitad de camino, un coche nos dio las largas y paró en un lado de la Vía Grande, nosotros paramos delante. César se bajó del coche y del otro salió Víctor.

»Se reían y se daban golpecitos, estaban de coña por mí, supongo. César volvió y me dijo que él tenía que largarse y que me llevaba Víctor, que ya nos veíamos. Me cambié de coche…Santi iba de copiloto.

—¿Te llevaron a casa?

—…No…

—¿No?

—Me propusieron seguir con la fiesta…ya sabes…montar un trío…

—Y aceptaste…

Infla los carrillos y resopla, como lo haría un niño al que acaban de pillar el bolsillo lleno de chuches prohibidas. Detiene la confesión, ya no está segura de querer continuar y Lucio lo nota.

—¿Qué pasa, Ruti? ¿Te hicieron algo que tú no quisiste? Sabes que puedes confiar en mí.

—No, a mí no…es que no sé cómo decírtelo…

—Ruti, si has empezado ya has hecho lo más difícil, solo tienes que acabar.

—No tiene que ver conmigo…la vi…

—¿A quién viste?

—Por la mañana, como ellos aún dormían, me levanté a buscar el baño y me metí en una habitación súper oscura, al dar la luz la vi tumbada en ese colchón, estaba como drogada, apenas se movía, me miraba fijamente pero parecía no verme…me asusté, apagué de nuevo, cogí mis cosas con mucho cuidado para que no se despertaran y me largué.

—¿A quién viste? ¿A Marta?

—No…a ella…a la chica que desapareció ese verano…tú sabes a quien me refiero… Tu prima, ¿no?

El acabado dulzón del ron se volvió vinagre en la boca del estómago de Lucio y trepó por el esófago en forma de llama.

Después, pequeñas punzaditas en la base del cráneo le hicieron más difícil seguir escuchando y sobre todo, preguntar.

—¿De qué estás hablando?

—¡Tu prima! ¡La chica que desapareció!

—¡Mi prima era una niña! ¿Cómo iba a estar con esos cabrones?—grita confuso y fuera de sí.

Ese verano del que hablaba Ruti consiguió separar a la familia de Lucio, que hasta la fecha disfrutaban de las vacaciones todos juntos: él, Anita, Luc recién venido al mundo, sus padres, el tío Antonio—hermano de su padre—la tía Matilde y la única hija de la pareja, Raquel.

También fueron las últimas fiestas de Álamos que Lucio disfrutó siendo padre de familia, pues el nacimiento de Luc había sembrado de discusiones la pareja.

La noche de la cena de quintas, Raquel no regresó. Los vecinos de Álamos organizaron batidas de rastreo por el monte para dar apoyo a la Guardia Civil, que por aquel entonces componía un equipo completamente distinto al que un año después dirigiría Lucio, quien aún pertenecía al Cuerpo Nacional.

Estuvo en paradero desconocido cuatro días con sus noches hasta que la desesperación llevó al tío Antonio a llamar a la televisión para salir en un conocido programa matinal suplicando el regreso de su hija.

Esa misma noche, en la puerta del patio sonaron unos golpes. Lucio escuchó los gritos de la tía Matilde en el pasillo y al abrir la puerta de su cuarto, vio cómo se comía a besos a Raquel.

Al dar un paso para unirse al recibimiento, el brazo de tío Antonio se lo impidió y le indicó con la cabeza que se marchara. Empujó a su mujer e hija a su dormitorio y cerró de un portazo, después se oyó un bofetón y el llanto acobardado de la regresada.

A eso de las once y media, Lucio, Anita y Luc bajaron a desayunar para no volver a ver a ninguno de los tres. Cumpliendo la amenaza de tío Antonio, no solo no regresaron al pueblo sino que pasaban los años y apenas se habían vuelto a hablar, eso en el caso de los padres de Lucio, cuanto menos con este cuya vida se había dado la vuelta.

Mentiría el teniente si dijera que se preguntaba por ellos, y quizás fue ese sentimiento de culpa el que le incitaba a experimentar la rabia que ahora se encendía en su interior al hablar con Ruti.

—No denunciaste…—dijo en un tono de derrota.

—No… dijeron que la chica ya había aparecido y se habló de que había estado con un chico del pueblo…no sé…primero pensé que con alguno de ellos, me dije que a lo mejor cuando la vi, solo estaba de resaca…

—Era una niña…

—¡Lo siento! ¡No quise darle vueltas! No volvió más al pueblo y eso me lo hizo más fácil…creo que lo olvidé. Estos días en los que no sé nada de Marta me han hecho recordar. Estoy asustada.

12

Marta esquiva de milagro la lámpara de la mesilla de noche que César acaba de lanzarla. Le ha despertado una presión en el cuello y la falta de aire. Al abrir los ojos ha visto los de él mirándola con furia y el peso de su cuerpo por poco la dobla.

Sin embargo, en medio de este forcejeo incomprensible, nota que los dedos de su agresor flojean, la cabeza cae sobre su pecho, le empuja, ambos acaban a cuatro patas sobre el suelo.

Su móvil sigue cargándose en el taquillón de la entrada, gatea hacia él pero la agarra del pantalón por la cintura y la lanza contra el espejo de la pared. Derrotada en el suelo, nota su sangre goteando desde la frente, si no fuera por lo que abrasa, pensaría que es de otro.

Alza la vista y no alcanza a enfrentar de cara a su agresor que la levanta como si pingara un saco y la lleva de vuelta a la cama. Intenta reincorporarse y recibe un puñetazo en la mandíbula izquierda que la deja inconsciente.

César grita de satisfacción, un alarido grave seguido de un quejido en falsete que le rasga la garganta. Agotado, intenta doblegar la respiración para contestar al empleado del hotel que golpea la puerta pidiendo explicaciones.

—¡Un momento, por favor! – acierta a decir.

Baja de la cama y cubre el cuerpo de Marta con la sábana. Está en calzoncillos, abre una ranura.

—Buenas tardes…disculpen los ruidos.

—Varios clientes se están quejando por el escándalo, dicen que se oyen gritos de mujer y golpes.

—Eh…verá…sí…digamos que nosotros practicamos un sexo un tanto diferente…

—¿De qué está hablando?

Sonríe y abre más la puerta, lo justo para que se vean los pies de Marta que asoman entre las sábanas. Mi novia grita incluso más que yo.

—¿Puedo entrar?

—Verá, está desnuda, no creo que pretenda avergonzarla…

El empleado duda, da un pequeño paso hacia la puerta y se aúpa de puntillas, acaba por ceder.

—Está bien. Vístanse y abandonen nuestro hotel, por favor, de lo contrario llamaré a la policía.

—No se preocupe.

—Tienen treinta minutos, caballero.

Cierra la puerta y le asalta su imagen sudada en el espejo del pasillo, el aspecto no delata un encuentro amoroso ni mucho menos. Marta sigue como la dejó, se pega a su oreja y la dice que despierte, al no responder la zarandea.

—¡Despierta!

Va al baño y sale con un vaso lleno de agua, se lo vierte en la cabeza. Funciona. Marta abre los ojos y al tiempo la boca para pegar un grito, veloz, se la cubre con su mano al igual que parte de la nariz.

—¡Vístete, nos vamos! ¡Colabora o te juro que te mato! ¡Date prisa!

Desde el mostrador, el equipo de recepción les mira con expresiones confundidas. César le sujeta fuertemente de la mano y sonríe, se detiene para besarla. Marta no reacciona. Apunto de cruzar la puerta, una voz les interrumpe.

—¡Disculpen, señores!—el encargado sale en su busca.— Sean tan amables de acompañarme a Recepción.

Y así lo hacen.

—La habitación está abonada, sin embargo, me informan mis compañeras de mantenimiento que tienen consumiciones del mueble bar.

César saca nervioso la cartera y de ella, una tarjeta de crédito, se la da a la recepcionista, pero cuando la va a coger, cambia de opinión y prácticamente se la arrebata.

—Perdón…acabo de acordarme que fulminé el límite este mes… (Sonríe nervioso).

Se guarda la tarjeta y deja un billete de 50 euros en el mostrador. La recepcionista hace una mueca.

—Lo siento, señor, no tenemos cambio. Si no le importa esperar, tengo que ir a la cafetería. Serán unos minutos.

Marta aprovecha la ocasión, revuelve en su bolso y saca su tarjeta junto a su DNI.

—¡No hace falta! ¡Pago yo!

—No es necesario, cariño, esperamos y punto –César sujeta su mano y la aprieta aún más.

—Insisto, insisto…—consigue liberarla y lanza ambos documentos que impactan contra la cara de la recepcionista y aterrizan en el suelo.

—Pónganse de acuerdo, por favor.- Indignada, la mujer se agacha y los recoge.

—Pago yo, cariño—sentencia César mientras recupera la tarjeta y el DNI—. Esperaremos las vueltas, total, tampoco tenemos tanta prisa.

Diez minutos más tarde, la recepcionista regresa de la cafetería con el cambio. Marta se adelanta hacia ella, se desestabiliza y cae sobre sus brazos haciendo que las moneditas rueden por el suelo.

Se agachan al mismo tiempo y enfrentan sus rostros prácticamente pegados.

—Ayúdame, por favor –suplica Marta.

La mujer permanece en el suelo, alucinada mientras César levanta a Marta tirando de su brazo. Recoge las moneditas, se incorpora y se las entrega. Ellos salen por fin del hotel y se suben al coche.

—¡Qué pareja tan rara!—comenta a su jefe mientras se mete detrás del mostrador.

***

Inquieto, delante de aquella puerta, Lucio pulsa otra vez el interruptor del timbre, a lo mejor su prima no lo ha oído. Se pregunta por su aspecto, por cómo le recibirá. Dado que de la conversación con la tía Matilde, pudo intuir que a su prima no le iba a hacer mucha gracia el reencuentro, se prepara para lo que pueda venir.

—¿Tía? Soy Lucio. ¿Qué tal estás?

—¡Lucio! ¡Qué sorpresa! Ya me dijo Josefa que te había dado mi teléfono. ¿Cómo andas?

—Bien… ¿Y vosotras?

—Bien, bien…bueno…sabes lo de tío Antonio…

—Sí…lo sé…siento no haberos llamado.

—No te preocupes…ya pasó. Nos dejó al año siguiente de lo de Raquelita. No sé si aislarse del pueblo y de todos vosotros acabó por llevarle a la tumba.

—Lo siento mucho, tía…mi madre me comentaba cada vez que hablaba contigo.

—Ya ves…a escondidas que me llamaba la pobre…después de lo que habíamos sido…

—¿Qué tal está Raquel?

117

—La niña está regular. No sé cuándo va a superar lo de su padre, no deja de culparse. Quieres verla, me ha dicho Josefa.

—Mañana tengo que pasarme por Madrid y he pensado que me invites a comer ese cocido tan bueno con el que te ganaste el respeto de la familia política—ríe pero no es secundado—¿Tía? ¿Qué te parece? …A lo mejor es muy precipitado.

—No…No, qué va…Puedes venir cuándo quieras. Pensaba en cómo convencer a tu prima para que se pase. Creo que tendré que engañarla un poco…

—¿Que se pase? ¿Ya no vive contigo?

—No…vive con el niño en un piso que comparte con unas compañeras del supermercado, dejó los estudios al poco de lo de Antonio.

—¿Niño? ¿Raquel tiene un niño?

—Sí, hijo, ¿no te lo ha comentado tu madre?

Era Josefa la única mujer sobre la tierra capaz de dejar a todo un teniente de la Guardia Civil, con la apariencia absurda de un Preescolar al que se le acaba de caer el donut de chocolate en un charco.

—Es verdad…es verdad…me lo comentó…

Imaginaba la sonrisa de su madre cuando le reprochara su silencio al respecto de la cuestión. Esa sonrisa elástica que hacía visible su disfrute al ser capaz de dominar al hombre que se creía superior al bebé que llevó en sus entrañas.

Tras descartar el tórrido bodegón *"Cocido madrileño con madre e hija estafada al fondo",* lo cambia por un encuentro entre adultos y de común acuerdo.

Y ahí estaba, esperando a que la ahora desconocida le abriera la puerta. Escucha por fin unos pasos que supone suyos.

—¡Voy!

Al otro lado aparece por fin una mujer bajita, regordeta y con una melena castaña que la cubre hasta la cintura. Al no distinguir rastro alguno de familiaridad, dio por hecho que se trataba de alguna de las compañeras de piso.

—Buenos días, soy Lucio, primo de Raquel, ¿está en casa?

Otra mujer irrumpió a pasos atropellados en el umbral, llevaba un niño de no más de un año en brazos. Pensó que era ella.

—¿Cómo estás Raquel? Soy Lucio. ¿Ese pequeñito es tuyo?—y echó los brazos en ademán de cogerle.

La mujer se giró hacia él con una expresión divertida y sus brazos fueron bloqueados por la primera desconocida, que tomó al bebé entre los suyos.

—Lo siento, tía, no se calma, en diez minutos me piro…tengo que desayunar.

—Está bien…gracias, Gloria.

Antes de desaparecer hacia el interior del piso, la que resultó ser una atractiva joven de rizos desafiantes, le dedicó una mirada pícara que le hubiera hecho pensar en otra naturaleza de cosas si no hubiera tenido su cabeza tan a rebosar de incidencias.

—Raquel soy yo, primo. Me ha dicho mi madre que querías verme. ¿Pasas?—le aclara por fin la primera mujer.

—Eh…sí…por favor…

Se adentró en el recibidor y se centró en recuperar la compostura. Raquel le adelantó y marcó la dirección por un pasillo largo y de paredes descascarilladas que pedían a gritos una mano de pintura.

El niño no le quitaba ojo y él no podía evitar hacerle muecas absurdas de esas que te salen cuando eres padre. Pasaron dos habitaciones hasta llegar a la cocina, donde entraron, volvieron a despedirse de la coqueta compañera de piso y se quedaron solos.

Como un pasmarote, al lado de los fuegos, aguardó a que aquella mujer que decía ser su prima del pasado, colocara al niño en una trona, se sentara ella en una banqueta, se atusara la melena con gesto cansado y reparara en él.

—Bueno,—dijo señalando con la barbilla otra banqueta que rodeaba la mesa—¿no te sientas?

Se acomodó en el mueble sugerido y cayó en la cuenta de que seguía con el abrigo puesto, así que continuó haciendo ruido hasta que logró quitárselo y dejarlo sobre otra banqueta.

Por fin se colocó de frente a ella, cogió aire y rompió un incómodo silencio que se extendía ya demasiado.

—Bien… ¡Cuánto tiempo, primita! Perdona por lo de antes…has cambiado mucho—al decirlo no tuvo muy claro si la muchacha había cambiado tanto como le parecía o jamás se había fijado en ella de una manera exhaustiva, era la niña de tío Antonio y tía Matilde, un ser pequeñito que recorría la casa familiar sin demasiada gracia hasta que protagonizara el capítulo de su vida— me alegro mucho de volver a verte…no sé…eras una cría y ahora, ¡mírate!

Definitivamente se le daba mejor ser oficial que primo lejano, y Raquel se encargó de recalcárselo con el semblante gélido que mantuvo enmarcando sus primeras palabras.

—Lucio, solo he aceptado por tu madre. Fue la única de la familia que pasó por el tanatorio cuando murió mi padre.

—Ya…bueno…lo sentí mucho…tío Antonio fue siempre muy querido por todos…era un buen hombre.

—No sé a qué has venido, la verdad…en media hora me marcho.

—No te entretendré entonces, pero sí que te adelanto que el tema no va a ser agradable para ti.

La expresión de Raquel tomó signos de defensiva.

—Estoy investigando el caso de una chica que ha desaparecido en el pueblo, como entenderás, no he podido dejar de acordarme de cuando pasó lo tuyo y…

—Lo mío fue una chiquillada—cortó Raquel— no desaparecí, estuve de juerga y volví cuando me quedé sin pasta.

—Si…eso es lo que creíamos todos, yo el primero…sin embargo he hablado con alguien que me ha comentado que te vio en compañía poco deseable.

—¡Te he dicho que estaba de marcha, ni siquiera yo recuerdo con quién! ¡Me pondría hasta las cejas de lo que fuera y cuando me quedé sin pasta volví! No recuerdo mucho…no creo que pueda ayudarte.

—Raquel, solo quiero que me digas si alguien te obligó a hacer algo, por favor, confía en mí.

—¿En ti?—Rio sarcástica— ¡Teniente, ha pasado mucho tiempo!

—Una de las chicas está probablemente muerta y la otra…

—¿Otra? Me habías dicho que había desaparecido una chica.

—Una chica, una chica, es cierto…la otra es una sospecha…no es oficial…a Marta la vieron con uno de los chicos con los que te vieron a ti. Raquel, Marta era…es mi chica.

Raquel levanta una ceja sin dejar leer en su rostro si siente sorpresa o empatía, posa con firmeza ambas manos en la mesa, se levanta.

—Lucio, este tema le costó la vida a mi padre y nadie nos ayudó entonces.

—¡No teníamos ni idea de que os pasara algo! ¡El pueblo recuerda lo tuyo como una chiquillada! ¡Cuéntamelo ahora!

Dirige su mirada al niño y acaricia su cabeza.

—Tomé algo…no sé qué…al tiempo empecé a tener sueños extraños y todo se jodió.

—¿Qué sueños?

La pregunta le hace salir del trance de confesión y vuelve a cerrarse en banda.

—No tengo más que decirte. ¡Por favor, márchate!

Lucio permanece unos instantes sin capacidad de reacción, rogando a su cerebro que dé vida a alguna argucia que le permita avanzar en la conversación.

Al no lograrlo, se rinde y obedece, coge su abrigo y se lo va enguantando mientras recorre la distancia hasta la puerta. Nadie le acompaña.

Ya en el ascensor, aún es capaz de distinguir el perfume de Gloria, lo inhala durante el descenso y llega incluso a cerrar los ojos para poder concentrarse en el recuerdo de aquella mujer efímera, traga con dificultad la saliva que se le acumula en la boca y al hacerlo percibe cierto cosquilleo en el bajo vientre y en la parte interna de sus muslos. Segundos antes de que la erección sea evidente, el ascensor da un brinco a consecuencia del tope del portal y vuelve en sí.

Con una mano se restriega el sudor y con la otra agita su miembro a través de los pantalones para relajarlo. Se ahueca la camiseta en un intento de refrescar su cuerpo y sale a la calle.

En su mente se repite un nombre, Ernesto Sanjuán, compañero en la academia, obsesionado por los efectos de las drogas sobre el cerebro humano –no en vano rebotaba de Químicas de la Complu- sostenía que el mundo se movía al antojo de los laboratorios.

—¿Cómo sabes tú que las vacunas que nos meten de bebés son lo que nos dicen que son? ¡Nos sometemos a los caprichos de las factorías de química desde que nacemos! A ver ¿Por qué son obligatorias? ¿Qué te asegura a ti que esas dosis no son en realidad drogas para condicionar nuestro cerebro recién salido del útero maternal? ¿Somos tan libres como nos creemos?

Bebía entonces de su orujito vespertino y dejaba flotar sus pupilas por la cafetería hasta que encontraba una distracción:

—¡Hay que joderse que tetas tiene esa! ¿De dónde ha salido?

Al licenciarse, acabó con sus huesos en el Cuerpo Científico y alguna que otra vez coincidieron durante su estancia en la policía.

Se acomodó en el asiento del coche y buscó el número en el móvil. Fue atendido al primer tono.

—Sanjuán.

—Más bien San Benito—era la coña que se gastaban en la universidad cada vez que alguien se dirigía a él con su apellido.

—¡Luqui! ¡Cabronazo! ¿A qué debo el honor? ¡No he mirado la pantalla…no sabía que eras tú! Bueno, dime ¡Qué raro, tío! Al grano ¿Personal o laboral?

—Laboral, laboral…bueno…algo personal…

—¡Ya! ¡Todo lo laboral es personal y al revés en capullos como nosotros! Suelta que será urgente.

—Gracias, tío, lo es. Necesito saber si anda en tu conocimiento algún tipo de sustancia que sea capaz de borrar la memoria…por completo…ya sabes, dejar en blanco el cerebro…y no me refiero a la burundanga, la gente a la que le meten la mierda ésta se tira meses sin recordar y luego tienen sueños…

Lucio espera la voz de su interlocutor confirmando su escucha. El otro lado de la línea parece vacío.

—¿Ernest? (silencio) ¿Hola?

—Tranqui, sigo aquí…dices que la mierda esa te borra la memoria, parece ser que a largo plazo…

—Sí…durante meses, puede que años, no lo sé exactamente.

—Ya…no recuerdan nada…

—Eso es…

—Y luego van teniendo sueños que les dan pistas de los recuerdos borrados, ¿algo así?

—¡Sí, sí, correcto! ¿Te suena?—Lucio se entusiasma, puede que la llamada a Sanjuán le lleve por el buen camino.

De nuevo el maldito silencio.

—Ernesto…

—Dime.

—Que si conoces la sustancia…

—Mmmmm… ¡No tengo ni puta idea, compañero, te llamo en un par de días!

Y cuelga.

—¡Ernest! ¡Ernest! ¡Puto chiflado!

A los dos días le citó en su despacho, el cabrón había hecho del CSI español su feudo personal: recepcionista, secretaria, asistente…y todas mujeres, por supuesto, y todas estaban buenísimas…más bien parecía aquello el casting de Victoria´s Secret que una sucursal de criminalística.

—¡Adelante, pasa, Luquito! ¡Bienvenido a mi harén!

Lucio se dejó introducir por la lacaya de turno y la sonrió cuando ésta volvió hacia la puerta para cerrarla y dejarles solos.

—¡Qué cabrón!

—¿Celoso? ¿Es que a ti no te va mejor en el pueblo ese en el que vives y ejerces? ¿No se postran las…mancebas a tu sabiduría y hacer?

—No…no, amigo…no se postran no…

Sanjuán arrastra su sonrisa burlona hasta el sillón situado detrás de su mesa. Se sienta.

—¿Quieres tomar algo?

—¿Se bebe, se traga o se esnifa?

Ernesto abre sus brazos como un sacrificado ofreciendo su cuerpo.

—¿A la carta o menú del día?

Ambos ríen hasta que el químico acaba con la magia del momento.

—Dama Invisible, oficialmente no existe—ha cambiado su semblante que ahora es serio, grave—tu sustancia, Luqui.

Lucio se retuerce en su asiento, se prepara para escuchar.

—Antes que nada, tú no me has consultado, no has estado aquí y lo que yo te voy a contar lo negarás tú y cualquier laboratorio judicial, así que si es parte de alguna evidencia, no tienes nada. ¿Nos entendemos?

Asiente.

—Se come literalmente el cerebro, roe las neuronas, el sujeto que la consume queda a disposición de la voluntad ajena en apenas medio minuto, es fulminante. Una vez dentro del organismo, anida con tal eficacia que no se produce la eliminación por vía alguna, por esto es que su efecto dura tanto.

»Al cabo del tiempo, el cerebro se recupera y comienza a fabricar recuerdos, y aquí está lo cojonudo, lo hace a través del subconsciente ¡Por lo que el sujeto cree que son sueños! ¡Es la droga perfecta! ¡La puta leche! ¿Quién no ha tenido en su vida sueños que le han helado la sangre por lo reales que parecían? ¡Pero damos por hecho que son sueños! ¿Qué van a ser si no?

Lucio esquiva la fascinación de su amigo para pensar en aquella niña que desapareció para sorpresa de todo un pueblo y luego vergüenza de unos padres. Raquel, convencida de que fue ella quien llevó al tío Antonio a la tumba.

—¿Quién la creó? ¿Fines militares?

—(Ernesto sonríe maliciosamente) No…más arriba.

—¿Más arriba?

Posa ambas palmas de las manos, abiertas, sobre su grandiosa mesa de aluminio lacado.

—Querido amigo, doy por supuesto que intentas encajar las piezas de algún puzle en el que parece que han empleado a la gran Dama y de ser así, te recomiendo que parchees e intentes resolverlo por otro lado.

—No te entiendo.

—Esta mierda es de altos vuelos, quien tiene acceso a ella, tiene acceso a todo. Es la droga del poder, detrás de ella no vas a encontrar a nadie que puedas meter en la trena, ni siquiera a nadie del que puedas permitirte respirar el mismo aire.

Lucio no escucha.

—Ha desaparecido una chica en Álamos… un testigo vio a un tío arrojando un cuerpo de mujer por una cuneta, pero no hay nada…únicamente huellas que parecen indicar que se lo han llevado. El tema es que sospecho que podría estar relacionado con la desaparición de mi prima la pequeña, ¿recuerdas? Una…

—¡Para, para…! No quiero saber nada más, tío. Tú no valorarás tu culo pero yo me lo lavo todas las mañanas y le saco brillo…es mi niño mimado (le guiña un ojo) Lucio, he intentado explicarte que si hay Dama de por medio el caso es jodido, hay alguien gordo detrás. Mi consejo es que pegues los trocitos para que quede mono y lo dejes en el fondo del cajón donde nadie pueda encontrarlo.

—No lo entiendes ¡Es personal! Nunca me perdonaré no haber ayudado a mi prima, creímos que había sido una juerga…la edad, ya sabes…y ahora…alguien me ha contado que la vio drogada, en unas circunstancias que me hacen sospechar que no lo hizo por voluntad propia ¡Creo que la drogaron! ¡Me ha dicho que empezó a tener sueños! ¡Al menos uno de los tíos podría estar implicado en el caso que llevo ahora y…!

Ernesto permanece en silencio, parece que escucha sin embargo, solo aguarda su turno.

—Lucio, amigo, vivo tranquilo. Te he ayudado hasta donde he podido, no insistas. Mi favor termina aquí.

Se levanta, bordea la mesa hasta llegar junto a él, le da dos palmaditas en la espalda y cuando Lucio se gira ya no está.

***

—Mamá, ¿de qué murió el tío Antonio?

—Hola, hijo. ¿Has estado con Raquelita? ¿Qué tal le va?

—Bien…Mamá, ¿de qué murió el tío?

—¿El tío? Bueno…La verdad es que no lo sé…La tía llamó y me lo dijo una tarde…era por mayo…eso sí…un año más o menos de lo del pueblo…

—¿Estaba enfermo?

—Sí… ¡No! No…espera…no…ya me acuerdo…tenía depresión creo…murió de repente…durmiendo.

***

—¿Tía?

—¿Sí?

—Soy Lucio, tía…he estado con Raquel.

—¿Qué tal? ¿Has visto al nene?

—Tía…

—Dime, ¿pasa algo?

—Sé que no me interesé en su momento…Necesito saber cómo murió el tío Antonio.

—El tío Antonio murió a mi lado, en la cama…de un infarto…no se despertó…

—Mamá me ha dicho que estaba depresivo.

—Si…sí…nunca superó lo del Raquel…para él era una vergüenza…empezó a faltar al taller porque decía que tenía que arreglar un asunto…luego de andar todo el día por ahí, no me contaba nada, se metía en la cama y yo notaba su respiración, despierto, a oscuras y yo creo que sin coger el sueño.

127

»Había días que se pasaba unas horas por el trabajo y la mayoría nada…le despidieron y yo tuve que doblar el turno en los aviones ¡He llegado a dormirme apoyada en el mocho y he recibido a los pasajeros con las azafatas! ¡Por Dios! Ahora le encuentro la gracia…

—Cuando salía por ahí, ¿sabes a dónde iba? ¿Te contó algo?

—No, qué va…a mí no. La niña sí debía de saber algo…hablaban en su cuarto…muy bajito…Dejé de pegar el oído porque era imposible pillar nada.

La puerta del ascensor se abrió y al no percatarse de la presencia de una persona empujando al otro lado, se dio prácticamente de bruces contra ella. Reconoció el perfume, intenso y floral.

—¿Gloria?

Ella miró confusa.

—¡El primo de Raquel!…emmmm…lo siento, soy un desastre para los nombres…

—Lucio…

—Eso…Lucio…el madero…—abrió su sonrisa— Raquel está arriba…no tiene planes así que si te dice lo contrario te miente—le guiñó un ojo con magistral estilo y salió del portal casi corriendo.

Al tocar el timbre, apenas tuvo que esperar unos segundos para que el picaporte cediera y la puerta se abriera sola como por arte de magia.

—¡Tíaaaa! ¡Píllate las llaves que no puedo estar cuidando de tanto crío!—se escuchó proveniente del interior del piso.

De primeras pensó en aclararle a su prima que no era quien creía y pedirle permiso para pasar.

Luego fue práctico y decidió colarse, le apremiaba más resolver el rompecabezas que simular ser un imbécil con buena educación.

Avanzó por el pasillo hasta la cocina y allí la encontró de espaldas a él, delante del armario de la pila, intentando coger un vaso.

—Raquel, soy yo…

El artilugio de cristal pegó un brinco de entre sus dedos y fue a estrellarse contra el suelo de cerámica azul, liberando una poderosa metralla de vidrio que en décimas de segundos colonizó la totalidad de los bajos del mobiliario.

—¿Qué coño haces aquí?

—Necesito que me ayudes, Raquel.

Raquel miró hacia el cochecito, aparcado a uno de los laterales de la mesa y comprobó que su hijo tan solo reconfortaba su postura sin alterarse por el incidente del vaso. Seguía plácidamente dormido.

—Creí que todo estaba claro—susurró al tiempo que se agachaba y empezaba a recoger los trozos de cristal.

Lucio se agachó a ayudarla.

—¿De qué murió el tío?

Ella le miró con cierta indignación.

—¿Ahora te interesas?

—Raquel,—agachó la cabeza y pudo distinguir un hilillo de sangre que resbalaba desde su dedo pulgar, enrojecido por la fuerza con la que presionaba el vidrio. Envolvió la mano entre las suyas y se hizo con el valor para hablarla de frente—perdóname por desentenderme de vosotros todo este tiempo, yo no tenía ni idea de lo que estabais pasando, ahora quiero ayudarte, deja que lo haga, por favor.

Raquel rompió a llorar y Lucio tuvo claro que debía aprovechar la ocasión. La ayudó a levantarse, acomodándola después en una de las banquetas.

Cogió unas cuantas servilletas de papel que desde un montón descuidado presidían la mesa, y fue cuidadosamente capeándolas sobre la herida hasta taponarla.

—¿Qué os pasó, Raquel? Por favor, necesito saberlo…algo me dice que tu padre no murió por casualidad.

Se apoyó sobre la pared y arrastró el ruido de las patas unos centímetros hasta pegar la totalidad de su columna a la frialdad de los azulejos.

Le pidió que no le mencionara nada a su madre, que no lo sabía, después cogió aire y comenzó el relato.

—Mi padre decidió que no volveríamos al pueblo, también me juró que no iba a volver a salir de fiesta lo que me quedaba de vida. Empecé el curso y a pesar de su firmeza en el castigo, todo parecía que volvía a la normalidad. Entonces empezaron aquellas pesadillas, al principio pensé que eran por los nervios de los exámenes, los remordimientos tal vez, pero no se pasaban.

»Dejé de dormir por las noches y me las pasaba recorriendo el pasillo de un extremo a otro, si mi padre o mi madre se levantaban a decirme que me metiera en la cama, lo hacía con el interruptor de la lámpara de mesilla en la mano y lo encendía y lo apagaba hasta que me quedaba dormida. Me despertaba gritando y reviviendo aquellas cosas horribles como si fueran reales…no eran sueños.

»No pensaba contarlo hasta que un día me quedé dormida en una de las clases y también soñé. Por lo visto la escena fue tan desagradable que tuvieron que sacarme del aula entre dos profesores y el conserje, mientras yo seguía gritando y forcejeando. Llamaron a mi padre y me hizo prometer que no le contaría nada a mi madre y que nos ocuparíamos los dos de superarlo.

»Le conté que creía que no se trataba de simples pesadillas y que a veces tenía recuerdos de voces, caras y sensaciones que me empujaban a creer que durante aquellas noches en las que desaparecí, me hicieron algo. A partir de entonces, mi padre empezó a hacer pequeñas escapadas al pueblo, a escondidas de la familia, no me gustaba que lo hiciera porque volvía peor, triste, derrotado.

El niño hizo un ruidito y ambos temieron que se despertase, tragó saliva, amohinó los labios y volvió a dormir. Cuando Raquel dejó de moverlo, continuó.

—La última noche, no se distinguió mucho de las anteriores. Me despertaron las voces que daban discutiendo, tarde, las doce y pico o así. Mi padre acababa de llegar a casa y mi madre le pedía explicaciones. El solo la repetía que se calmara. Cuando abrí los ojos pude verle sonreír, no sabía que por última vez, me besó en la frente y me arropó. Siempre era lo mismo. Luego murió.

—Tu madre me dijo que fue de un infarto.

—Yo no quiero seguir con esto, Lucio, tengo que protegerle –desvía su mirada hacia el bebé-. Además, te juro que lo que recuerdo no ayuda en nada. Aquella mañana, mi madre volvió a gritar, pero de terror, al ir a su habitación la encontré encima de él dándole fuertes golpes en el pecho «¡Antonio, por Dios! ¡Antonio!», él tenía la cabeza girada hacia mí, descolgada, con los ojos abiertos y los labios desviados hacia un lado, como en una mueca de dolor.

Lucio la abrazó y permanecieron en silencio un buen rato, hasta que el pequeño puso fin al reencuentro con un llanto corto. Raquel se apresuró a consolarle, Lucio esperó y se despidió de ambos.

13

Al entrar en el cuartel, Isabel sale a recibirle al pasillo.

—¡No me hace caso, Lucio! ¡Insiste en hablar contigo! ¡Lleva una hora ahí sentado!

Señala con la cabeza a Paco Matasantos, que ahora se levanta del banquito de acero que custodia la recepción.

—No te preocupes, gracias. Paco, buenas tardes, ¿qué ocurre?

—Hola Lucio. En el pueblo se hablan cosas.

—Ya…vamos a mi despacho.

Una vez dentro, toman asiento el uno frente al otro, Lucio se refirma en su sillón y Matasantos se frota la cara con las dos manos.

—Dicen que habéis encontrado a mi chica.

—Bueno, eso no es exacto.

—¿Y qué es lo exacto?

Lucio desvía su mirada hacia una de las patas de la mesa, ya suponía que iba a ser difícil.

—Un testigo ha interpuesto una denuncia en Madrid… hacía parapente y vio cómo un joven dejaba caer el cuerpo de una chica por una de las cunetas de las minas.

—¿Mónica?

—No lo sabemos…No hemos encontrado el cadáver…no hemos encontrado nada salvo marcas de arrastre en el terreno.

—¿Por qué habéis detenido a la chica del coronel? Se comenta que se han llevado el coche a Madrid.

Lucio suspira hastiado, jamás logrará entender cómo se filtran tantos datos desde la comisaría. Es una cuestión difícil de abordar, como teniente en el municipio, son apenas siete funcionarios los que tiene a su cargo—cifra que varía si se llevan investigaciones que requieren de gente procedente de comarcas cercanas o de Madrid— y a pesar de que los reúne y les ruega que mantengan el secreto profesional, sus empleados no parecen estar por la labor.

—No puedo contarte mucho, Paco, estamos investigando.

Paco mantiene la mirada firme, sus pupilas se agitan y a su voz le cuesta abrirse paso.

—Dime únicamente si dejo de esperar a mi hija y me preparo para recibir su muerte.

Su elocuencia deja a Lucio sin argumentos, callado e incapaz de tragar la saliva que le quema en la garganta. La callada del teniente le sirve de respuesta a su planteamiento y se levanta despacio, su respiración entrecortada llena de sonido el despacho.

Se aproxima a la puerta, abre tranquilo y avanza hasta abandonar el edificio bajo la vigilancia de Isabel, a quien siente como un peso de hierro sobre la nuca.

Lucio descuelga el teléfono.

—Juan, ¿cómo va lo del coche? ¿Se sabe algo?

—Voy pa allá.

La puerta, entreabierta por la rendición de Paco, se abre del todo con demasiada energía y golpea la pared. Detrás aparece Juan, eufórico, da un par de palmadas y se sienta en la silla aún templada.

—Ha llamado Olegar, el de la barbita, ¿no?

—Ese…ese…

—El maletero está plagadito de restos de sangre. Han conseguido una orden de detención para el novio de la chica.

—Para el marido.

—Eso…el maridito… ¿Nos adelantamos nosotros? Vienen de camino.

—Prefiero esperar.

—¡Como usted mande! Me voy a por un café, que me avise Isa cuando lleguen.

***

—A las ocho en el punto (ordena la voz telefónica).

Víctor ha mudado su expresión de todopoderoso por una clara manifestación de congoja. Está con los niños en los columpios del patio de la iglesia, se levanta del banco, los nervios se hacen evidentes.

—¿Qué…qué pasa?

—Hoy, a las ocho, en el punto.

—¿Ha habido algún problema?

Cuelgan.

Son las siete, se ha bajado con los niños para dejar que las chicas echen su partidita, solo llevan media hora de póker, así que se van a mosquear, fijo. Llama a gritos a los niños y mientras acarrea con uno en brazos, al otro lo arrastra de la camiseta. Se revuelven y protestan, de nada les sirve.

—¡Golfi!—Llama a su mujer—¡Te los dejo! ¡Me piro!

Maite deja caer la mano al descubierto sobre la mesa y vuela hacia la entrada de la casa.

—¡Cómo que los dejas! Habíamos quedado en que te ocupabas de ellos es…

El portazo y la cara de circunstancia de sus hijos le ayudan a entender que no se trataba de una propuesta.

***

Llega a las ocho y cuarto. Miguelo le espera fuera del coche, hablando por teléfono. Cuando le ve, cuelga. Parece aliviado.

Víctor sale del coche y se encamina hacia él tendiéndole la mano para estrechar la suya.

—¡Coño, Miguelo! ¿Tú no andabas por Londres?

—He parado un tiempo.

—Tío, vengo un poco acojonao, ¿qué pasa?

—Dímelo tú—guarda silencio mientras estudia su reacción—. Hay una orden de arresto contra uno de vosotros y la chica aún no ha vuelto a su casa.

Víctor sabe que no sirve de nada disimular con esta gente, continúa en silencio.

—Se ha abierto una investigación y van a por uno de vosotros. Hay un testigo que os ha visto cargando con un cuerpo…Por tu bien, que se trate de la madre de alguno de vosotros.

En otra situación, nadie se habría atrevido a mentar a su madre y salir airoso, pero no llevaba esta vez las de ganar. Aun así, lo intenta.

—A la chica la liberé yo mismo…como siempre…

—¿Dónde?

—En las minas, en el teatro, ¡joder!

—Eso es lo que dice el testigo…pero muerta. ¿Desde cuándo conduces un cochecito con margaritas en el guardabarros? No te pega nada—se mofa.

—¿Muerta? ¿Qué dices? No, no se había despertado del todo, ya sabes, acaban hechas polvo. La dejé rodar y me quedé para ver cómo caía entre unos matorrales.

—No es lo que tienen entendido.

—¡Es lo que pasó! ¿A quién vas a creer? ¿Han encontrado el cadáver?

—La policía ha requisado el coche de la mujer de Santi, he leído la denuncia. Van a detenerle, hay sangre en el maletero.

—¡No sé de qué me hablas! ¡Tampoco nosotros encontramos a la chica! ¡Se nos escapó! ¡Me estampé con el coche y al mirar en el maletero ya no estaba!

—¿No has dicho que la tiraste en las minas?—contempla divertido cómo Víctor pide clemencia con la mirada—. Espero que tengas una versión mejor para la poli cuando vayan a por ti. Si la chica está viva, encuéntrala, y si está muerta, dales un cadáver, pero que dejen de hurgar o acabarás jodiéndonos.

—Descuida—agacha el gesto y se dirige de vuelta a su coche.

—¡Víctor!

—¿Qué?—se gira.

—Estás jodido.

Miguelo vuelve a apoyarse en el coche. Víctor se mete en el suyo y desaparece.

***

Elvi sale a abrir la puerta con un chándal de esos de hacer *sofing* y el pelo mal recogido en una coleta que lucha por conservar la verticalidad. Cuando ve a Lucio custodiado por Juan y los dos inspectores de Madrid, le fallan las rodillas y tiene que apoyarse en la pared.

—Buenas tardes, Elvi. Queremos hablar con tu esposo.

Elvi no contesta y Santi pega un grito desde el interior.

—¿Quién es, Elvi? ¡Vamos, que la tengo en pause!

Lucio empuja suavemente la puerta y recorre el pasillo seguido de los dos inspectores y Juan. Leandro, delgado y largo como un lapicero tentado en pie, lleva un folio escrito en la mano.

—Esto es una orden de arresto, de Madrid, por el bañito de sangre que le has dado al coche de tu mujer.

Santi intenta levantarse, le fallan las piernas y se queda medio repanchingado entre los cojines. Elvi llora y a él se lo llevan, sin mediar palabra hasta la sala de interrogatorios del cuartel.

—Algo me decía que llegaríamos a conocernos mejor— inicia Olegar— ¿Tienes abogado?

—No creo que lo necesite, esto debe de ser un error.

—Un error…Ya… ¿Te has enterado de lo que te ha contado mi compañero en tu salón? ¿Lo de la sangre en el coche de tu mujer?

—No entiendo nada de lo que me dicen.

—Mira, chico, —interviene Leandro— estás detenido porque hay pruebas que te implican en un delito.

—¿Qué delito?

—El peor: un asesinato.

—Santi, estás detenido como sospechoso por la desaparición y muerte de Mónica Álvarez—le aclara Lucio—. Un testigo vio cómo tirabas el cuerpo de una chica por una de las cunetas de las minas y el maletero del coche de Elvi ha dado positivo en sangre humana. Pero el cadáver no ha aparecido. Necesitamos que nos digas si lo cambiaste de sitio y dónde.

—A lo mejor seguía viva y se fue por su propio pie— ironiza.

Leandro da un golpe en la mesa y hace por controlarse, apartándose hacia la pared cuando Olegar se lo pide con un gesto.

—Si has escondido el cadáver es solo cuestión de tiempo que lo encontremos, hasta entonces puedes colaborar o sentarte unos días en el banco del calabozo hasta que recuperes la memoria.

Santi mantiene la cabeza erguida, desafiante.

—Llévenme donde quieran, en 72 horas estaré de vuelta en mi casa. No tienen nada y yo no he hecho nada.

Media hora más tarde, los dos inspectores de Madrid, Lucio y Juan están sentados intercambiando impresiones, parapetados por cuatro cafés bien cargados.

—Hay que encontrar a la chica o esto se nos va de las manos. –dice Olegar, después, esconde su rostro en el vaso de cartón y pega un intenso sorbo al café.

Juan se dirige a su jefe buscando la aprobación.

—El cuerpo se lo llevaron de la cuneta y no lo hizo uno solo. Hay que tirar de los amiguitos.

—¿Cuántos?—pregunta Olegar.

—Yo creo que un par—contesta Leandro sin levantar la vista de la mesa—eso es lo que cuentan las huellas. ¿Los conocéis?

Juan le deja el papelón a su jefe, quien tarda en reaccionar. Su mente le tiene entre nubes que a duras penas le dejan participar en la charla con eficacia, nubarrones.

—Hay otra chica desaparecida…—confiesa por fin.

—¿Qué?—Leandro es el primero en expresar su sorpresa.

—Me temo que hay otra chica desaparecida, bueno, puede que varias.

—¿De qué está hablando, teniente?

—Estoy investigando por mi cuenta, el tema me atañe a mí personalmente. Hace unos años desapareció mi prima, menor de edad, en lo que en un principio se tomó como una escapada voluntaria de unos días, volvió por su pie. Un testigo bastante fiable me ha comentado hace unos días que la vio entonces, en una casa que suelen utilizar los amigos de este tipo, estaba drogada.

»He hablado con ella y tengo razones para sospechar que fue retenida contra su voluntad—hace una pausa para coger fuerza—. Unos días después de la desaparición de Mónica, la chica con la que mantengo una relación, Marta, se esfumó. La noche de antes la vi con uno de ellos.

Juan esconde un mohín bajo el mentón, los inspectores son más expresivos, sobre todo Leandro.

—¿Y a qué coño esperabas para ponernos al corriente?

—Mi prima no quiere remover el asunto y con mi chica no ha logrado hablar nadie. Ella sí que estaba con él de voluntad, mantuvimos una conversación.

—Con todos mis respetos, teniente, su chica no tiene por qué estar relacionada con el caso, ha podido largarse sin más, ¿no cree?—interviene Olegar.

—Cada vez lo creo menos. A su mejor amiga tampoco le coge el teléfono.

—No sé…es mayor de edad…no hay ninguna relación, no hay denuncia, insisto…creo que dedicar tiempo o personal a buscarla solo nos puede alejar del primer objetivo que es encontrar el cadáver de la desaparecida Mónica—se dirige a Lucio, suavizando su expresión con la intención de darle cierto consuelo—.

»En cuanto a lo de tu prima, si no acudimos a un juez que re-abra la causa, tampoco podemos hacer nada, además el papeleo retrasaría la marcha de la actual investigación. Mi consejo es que los vigilemos de cerca, sin más, no tenemos nada.

Juan contempla cómo asume su jefe la derrota, en silencio, con los ojos secos que frota en un intento nefasto de hidratar.

14

César le ha quitado el bolso a Marta y lo ha lanzado al asiento de atrás, su móvil no deja de sonar así que la suelta el cinturón de seguridad y le dice que lo apague. Al mirar la pantalla, descubre que la última llamada era de Ruti.

Con la velocidad desarrollada por sus dedos, cómplices en su adicción a toda expresión tecnológica, le ha mandado un emoticono, el de las dos niñas que van de la manita, también ha pedido a Dios—y eso que se jacta de no creer— que su amiga mono-neuronal sea capaz de salvarle la vida. De momento es su captor quien sospecha.

—¡Apágalo de una puta vez!

Cuando Ruti recibe el WhatsApp de Marta, nota cómo la palpita el cráneo, el pecho, las piernas. Sin perder tiempo va a la casa de Lucio, vuelve a ser una hora poco correcta, le importa un pito en realidad. Llama al telefonillo.

—¿Quién?

—Ruti, ¡Abre!

—¿Ruti? ¿Ha pasado algo?

—¡Ábreme, por favor!

La espera en pijama, en el umbral del saloncito. Las casas de Álamos no tienen pasillos, en su lugar hay escaleras que se enroscan en una muestra de arquitectura enajenada. No puede evitar cierta diversión al ver a la simpática gordita dejándose el alma en el ascenso. Lleva la pantalla del móvil apuntándole a los ojos.

—¡Es Marta!

Con el aparato pegado a la nariz, no es capaz de enfocar nada, se lo aparta unos centímetros y distingue la conversación de chat: dos únicas fechas pertenecientes a la semana anterior—antes de que Marta desapareciera—y la fecha del día de hoy con un emoticono, dos niñas de la mano.

—¿Qué es esto?

Tiene que esperar unos segundos largos en los que Ruti intenta recuperar la respiración.

—Me lo ha mandado Marta hace unos quince minutos (jadea)…luego ha desconectado el teléfono.

Se aparta de la puerta invitándola a pasar, mientras lo hace observa el dibujito.

—¿Significa algo entre vosotras?
Ruti asiente con la cabeza.

—Dame un poco de agua y un sitio donde sentarme, por favor.

Lucio la señala el sofá y baja a la cocina a por un vaso de agua. De vuelta, espera a que la pobre Ruti beba y se recupere.

—¡Hemos visto la película esa mogollón de veces! A mí me acojona mucho, no me va ese rollo, pero a Marta le pone yo creo…es la del tío este que hace de Joker… que es súper antigua… se queda encerrado en un hotel y se vuelve loco…

—"El Resplandor"

—También te la ha hecho ver a ti, ¿no?
Lucio asiente medio sonriendo.

—Cuando salió el rollo este del WhatsApp, una baza me mandó el emoticono y me dijo que eran las gemelas esas que salen al final del pasillo, yo la dije que se fuera a la mierda, que no me las recordara, que me cago de miedo, y desde entonces las usamos cuando algo nos da «miedito».

Lucio se sienta en el sillón contiguo. No levanta la mirada de la pantalla.

—¿Tienes el teléfono de César?

—…Vaya…ya te has aprendido su nombre…

—¿Lo tienes?

—Ya le habría llamado yo.

Piensa y abre mucho los ojos, esta vez, mirando al suelo.

—Voy al cuartel. ¿Te vienes?

—Eso no se pregunta.

En el aparcamiento, Ruti prefiere esperarle en el coche.

—Me da mal rollo. Prefiero quedarme aquí con la musiquita.

Una vez que el teniente entra en el edificio, Ruti se enciende su *petita ilusionante* que tantas veces había compartido con Marta. Lucio baja al mostrador de calabozos.

—Buenas tardes, Dani. Dame el móvil del niñato de calabozos.

—¡Calentito, calentito!

El agente le da la bolsita de plástico y Lucio saca el aparato. Busca en el registro de llamadas y marca el número de César.

—¿Qué pasa, tío?

—Pasa que tu amiguito Santi está en calabozos y yo te llamo para informarte de que voy a emitir una orden de búsqueda y captura contra ti. Te llamo del cuartel de Álamos, pásame a Marta, dile que soy Lucio.

Marta escucha a su lado y recoge el móvil cuando César se lo pasa.

—Es Lucio.

Da un respingo y se coloca el aparato en la oreja, rápida aunque torpe.

—¡Lucio!

—Martita, ¿estás bien?

—¡No!

—Tranquila, esto va a acabar pronto. Dile al imbécil que se ponga otra vez.

Tiembla y no le salen las palabras así que agradece que le pida el cambio de interlocutor.

—Escúchame, chaval, ¿me estás oyendo?

—Sí...

—Contra ti no hay nada a no ser que la cagues y no traigas a Marta de vuelta en la tarde de hoy. Así que písale a fondo y salva tu puto culo. ¿Entendido?

—...Aún nos quedan horas de camino...

—No me importa, hoy me acostaré tarde.

César cuelga y busca el contacto de Víctor, le llama y no contesta, está claro que tiene que mirar por él. Hace lo aconsejado por el teniente y le pisa.

Víctor no hace caso de la llamada porque intenta despedirse de sus hijos y de su mujer. Con el motor del coche encendido y una bolsa de deportes entre las piernas, los niños se le cuelgan de los brazos y del hombro y Maite llora sin entender nada.

—¿Por qué no me dices a dónde vas?

—¡Porque no! ¡Coge a los críos y métete en casa!

—¿Qué está pasando?

—¡Que te calles! ¡Y no preguntes!

—¿Cuándo vuelves?

—Ni puta idea—dice cerrando la puerta del coche. Una vez adentro, baja la ventanilla,— ¡Maite!

—¿Qué?

—Ni una palabra a nadie. Me he pirado y no sabes nada más.

—…es que no sé nada más…—le reprocha mientras se pelea por apartarse un mechón de pelo de delante de los ojos.

La mira, parece recaer en ella por primera vez en todo el tiempo que llevan de despedida.

—Golfi, ven,—Maite arrima la cara a la suya y recibe un beso cercano a la ternura—cuida de todo esto.

***

Conduce rápido, suda mucho, vuelve a estar rojo, más rojo que nunca. Suena el móvil.

—¡Maldito gilipollas!

Lo lanza al asiento del copiloto, ha visto que es César. Hace memoria de cuando se metió en todo esto, le pareció un negocio redondo desde el principio. Solo tenía que repartir las funciones, ser puntual y no preguntarse lo que les hacían a las chicas ni quién.

Únicamente hablaba con los Quilis, el Miguelo, por norma. Pagaban bien, eran tipos de pasta, en un encargo te podías sacar los tres mil euros limpitos para cada uno. Ya no recordaba cuántas chicas habían colocado.

Era evidente que la cosa no había ido mal cuando Maite curraba media jornada en el súper y él descargaba algún camión que otro para disimular. En el pueblo le llamaban «el señorito», se comentaba que vivía así de bien gracias a la herencia de sus tíos de Segovia.

Al pasar por la carnicería de Jesús, ve luz en la trastienda y para a despedirse.

15

—¡Cógelo! ¡Cógelo, coño!

Marta se obliga a mantener la vista fija en la carretera, por el rabillo del ojo no descuida a César que no para de hacer llamadas infructuosas desde hace unos quince minutos. Por fin cambia su suerte.

—¡Menos mal, tío! ¿Qué coño está pasando? ¡Nadie me coge el puto teléfono!

—Hola, tío… ¿Papá, te importa seguir? Es urgente.

El padre de Jesús le releva en el mostrador y este se mete en la trastienda.

—¡Jesús! ¡Jesús!

—Calla, joder…Me pillas despachando. ¿Dónde andas?

—¡De camino al pueblo! Me ha llamado el subnormal del poli—de reojo mira a Marta, como si tuviera que pedirla perdón por ofender a su novio oficial—no sé qué mierdas me ha contado de que Santi está en el calabozo y que si yo devuelvo a Marta…

—Para, para, para…que yo sepa, el Santi ha dormido en frio esta noche, pero se comenta que le van a sacar pronto, mañana como muy tarde. No sé qué te habrá contado ese tío, tranqui… No hay de qué preocuparse. ¿Y la chica?

—Aquí…

—¿Aún mueve la cola?

—…Sí…

—¡Sabía que no tenías huevos! (Ríe.) ¿Estás lejos?

—A unas tres horas…

—Vale. Ven suave. Voy a ver si puedo hablar con Santi y te llamo.

—Gracias, tío.

—A mandar.

Cuelga y al levantar la vista se encuentra con Víctor.

—¿Qué tal, tío? He venido a despedirme, me largo.

***

En el cuartel, Jesús le dice al guardia civil de la entrada que quiere hablar con Santi, que es una cuestión urgente. El tipo es de los mejores clientes de la carnicería, le guiña un ojo.

—¡Cuando el gato no está, los ratones montan baile! Pasa, anda…el jefe no está.

—¡Gracias, Marci! ¡Los favores con favores se devuelven!

—¡Y que lo digas! ¡Se me está antojando una paletilla de cordero para mí y para mi señora este domingo!

—¡Ocúpate solo de encender el horno!

Desaparece escaleras abajo hacia calabozos.

—¡Santi!

Santi está solo en la única celda. Se levanta de un respingo al ver a Jesús moviéndose por los sótanos policiales como pez en el agua.

—¿Qué pasa? ¿Qué haces aquí?

—Me ha llamado César. Está con la chica, la del poli…aún no se la ha cargao, el muy mamón…viene para acá.

—¡Calla, coño!

—Tranquilo, el Marci me debe un favor…

—¡Da igual, aquí no podemos hablar! Cuando la traiga que se ocupe Víctor, yo no puedo mancharme más.

—Víctor se ha pirado.

—¿Qué?

—Se ha pirado, tío…Estos cabrones le han dicho que se lo van a cargar si no desaparece. Lo saben todo.

—¡Joder!—Se restriega la frente, le duele la cabeza.—Lárgate de aquí, tío, ahora no puedo pensar. —Al ver que no se inmuta le grita—¡Que te largues!

***

Lucio lleva un rato sentado en el sofá, no para de mirar el reloj del móvil, es tarde. Suena el aparato, es Olegar.

—Teniente, hay algo raro en las minas. Una pareja ha llamado al 112, no se sabe mucho, apenas han hablado con la operadora, han visto un bulto entre unas zarzas. Dicen que es una persona.

—¿En alguna zona que se nos escapara?

—No…eso es lo curioso…según la descripción, los chicos hablan del mismo lugar donde encontramos las huellas del arrastre.

—Eso es imposible.

—Más que imposible, parece una tomadura de pelo. Estoy llegando.

—Voy para allá.

Sube el puerto con el corazón encogido, recuerda la amenaza a César diciéndole que le devolviera a Marta esa misma tarde. ¿Y si le había subestimado? Aparca cobijado por los muros del anfiteatro. Resopla unas tres veces para recuperar el semblante, antes de acercarse a lo que parece un hospital de campaña.

—¿Qué coño es esto?—esperaba encontrarse con los inspectores en petit comité y sin embargo hay un coche oficial y dos patrullas.

—Es un cadáver—le aclara Olegar, al tiempo que le estrecha la mano—exactamente en la misma zarza de las huellas.

—¿Es Mónica?

—No.

—¿Otra mujer? –apenas tiene voz para hacer esta maldita pregunta.

—Es un hombre. Mutilado a conciencia: no le han dejado ni una extremidad, no hay brazos, ni piernas, ni cabeza.

—Por no dejarle no le han dejado ni los huevos –Olegar le envía una mirada de hastío a Leandro y este se la devuelve envuelta en sarcasmo del viejo, del que ya queda cada vez menos- ¿Qué? ¡El cabrón que se los cortó no querría que los usara allá arriba!

—¿Le faltan los huevos? –recalca sorprendido Lucio.

—Y el rabo compañero…y el rabo… (Leandro sonríe con maldad infantil)

—No es posible identificarlo –apunta un hombre calvo con chaleco reflectante que se acerca al círculo.

—Doctor, le presento al teniente Sarraceno –formaliza Olegar.

El hombre hace un gesto con la cabeza en señal de aprobación.

—Comprenderá que no le dé la mano… (tiene los guantes de plástico teñidos de sangre) No podemos identificarlo sin reclamación de algún familiar con el que cotejar ADN, no tenemos huellas, ni cabeza para un reconocimiento visual.

—Ni orejas ni rabo…usted ya me entiende –vuelve a ahondar Leandro, en una búsqueda surrealista del chiste de trabajo.

—Se han ensañado con el pobre hombre –asiente el doctor.

—¿No sabemos nada? –cuestiona Lucio cada vez más confundido.

—Solo puedo determinar que es un hombre joven, de unos veintitantos o treinta y pocos. Si me disculpan. –Contesta una llamada del móvil y se introduce en el coche oficial.

Olegar no tarda en aportar su visión, fría como de costumbre.

—Se lo llevan a Madrid…quiero decir todo…En lo que a mí respecta, no forma parte de nuestra investigación. Es un crimen aislado.

—Ya… ¡Joder, este pueblo cada vez se parece más a Twin Peaks! Os juro que era un sitio tranquilo…

—¡Hasta que dejan de serlo, compañero! ¡Ocurre con todos!—le anima Leandro—. Pues, señores, (se enciende un pitillo y lo sujeta entre los labios) como dicen en mi pueblo, (le guiña un ojo a Lucio) ¡Cada mochuelo a su olivo! ¡Mañana será otro día!

***

A la mañana siguiente, Lucio llega abatido al cuartel, no ha dormido bien. Saluda cabizbajo a Isabel que le informa de sopetón, ya que sabe que no habrá un momento idóneo.

—Han soltado al chico.

—¿Santiago Mellado?—no parece sorprenderse.

—El mismo—confirma sin levantar sus gafas de la pantalla del ordenador—. A primera hora ha llegado una orden desde Madrid. Los inspectores han sido apartados, se han ido. La orden la tiene sobre la mesa.

Sin añadir una palabra, entra en su despacho. Lo primero que le llama la atención es un posit de Leandro coloreando el encabezamiento del documento oficial:
«ESTO APESTA POR TODOS LADOS. ENCUENTRA A TU CHICA Y DESENTIÉNDETE. HA SIDO UN PLACER.
LEANDRO»

***

Una hora y media antes, Santi abandonaba el cuartel de Álamos relajado, casi sonriendo y sin sorprenderse por lo efímero de su estancia. Prefirió ir andando hasta casa, en lugar de avisar a Elvi para que le recogiera, así le daba una sorpresa.

La mañana permitía aquel frescor de la sierra madrileña que luego se echa tanto de menos a lo largo de la jornada veraniega, seca y calurosa como la de los desiertos.

Las calles estaban aún en silencio, eran pocas las persianas que no se mostraban cerradas a cal y canto.

Por eso casi creyó tener una visión cuando distinguió a aquel tipo apoyado en la tapia del cementerio, bebiendo de un botellín de agua mineral y sonriéndole.

Al no sonarle de nada, pensó que el hombre le había confundido con otro, así que al pasar a su lado, bajó la cabeza y se dispuso a continuar el trecho, pero le agarró de la muñeca.

—¿Santi?

Le miró con más detenimiento, siguió sin reconocerle.

—Soy amigo de Miguelo, te llevo. –dijo mientras apuntaba con la barbilla a un Audi enorme, brillante y negro que estaba aparcado en la Cuesta del Empedrao.

—Prefiero caminar, gracias.

—Me da igual lo que prefieras, chico, cruza conmigo y sube al coche.

Ya en el interior del todo terreno, dedujo que no arrancarían de inmediato al ver que el hombre se acomodaba en el asiento del conductor y cerraba los ojos para estar más atento a la música que salía de los altavoces: Payasos de Leoncavallo. La disfrutó con una sonrisa divertida hasta el final del aria dramática de Canio, y abrió los ojos para bajar el volumen.

Empezó a hablar sin intención de mirarle a la cara, con la vista fija en el pueblo.

—Bueno, hijo, ¿Qué coño habéis hecho? Ahórrame tiempo y esfuerzo.

Santi calló unos segundos, no sabía qué decir.

—La chica está muerta—arrancó finalmente.

Lejos de expresar asombro, nerviosismo o cualquier otro atisbo de humanidad, el pseudo-dios con traje oscuro dio unos golpecitos con su contundente dedo índice en la pantallita del reproductor de cd y tomó aire, desde la tripa, como hacen los guerreros. Como no parecía dispuesto a hablar, Santi se le adelantó.

—Pero no os preocupéis, hemos ocultado el cadáver. A mí me acaban de liberar. ¡Estas cosas pasan en los pueblos, las chavalas se largan, desaparecen! ¡La gente lo interpreta como una aventura! ¡Con los años se olvida! No esperamos cobrar esta vez…Asumimos que la hemos cagado y tampoco vamos a irnos de la lengua…Vosotros a lo vuestro y nosotros a nuestras vidas de pueblo…sin más…

El extraño se descontroló en un repentino ataque de risa que se extendió unos segundos.

—¡Joder, chaval!… ¡Dedícate al humor!… ¡Ayyyy!—Y solo cuando se limpió las lágrimas que ya le empezaban a resbalar por los marcados ángulos del rostro, recuperó la seriedad y la conversación.—Vamos a ver…nosotros no somos gente con la que te comprometes a ofrecer un servicio y si la cagas no cobras y punto. Nosotros no somos gente a la que poder explicar los errores. ¡Nosotros no somos gente!

»Esto va de que arriba están ellos y luego estoy yo, está Miguelo, estáis vosotros y están las chicas. Los de arriba acuden a nosotros porque los de abajo no fallamos NUNCA, son más poderosos que los poderosos. Pueden tener cualquier chica, cualquier ser humano, y lo obtienen de las maneras más sucias, sin preocuparse por las consecuencias.

»No fuimos los primeros en proporcionarles chicas pero sí fuimos los únicos en garantizarles la impunidad y fue gracias a un ingrediente que nadie más había aportado antes, ¿sabes cuál?—Santi aguardó unos segundos la respuesta—Con nosotros las chicas vuelven a sus casas, a sus familias y nunca se da la denuncia de una desaparición, la comisión oficial de un delito. No hay que desautorizar investigaciones, proporcionar chivos expiatorios… ¡Preocupación CERO!

»Nosotros supimos ofrecer la diferencia y ahora los últimos monos del enredao la cagáis y me hablas de no cobrar…y yo te respondo: no es que cobréis o no por hacer las cosas como deben hacerse, sino que vivís o no vivís.

Santi lo intentó de nuevo.

—¿Y si os facilitamos otra chica?

—No me estás entendiendo…Tenemos las chicas que queremos. Tenéis que arreglar el desaguisado este, ¿cómo te lo explico? Imagínate que tenemos un dedo del pie gangrenado y no queremos que se extienda a la pierna y mucho menos al resto del cuerpo. ¿Qué hacemos? Amputamos el jodido dedo…Vosotros sois ese dedo. ¡Arreglar esto ya! Por lo pronto, tiene que aparecer el cadáver y el asesino, y por supuesto, no tiene que relacionarse con nosotros.

—No lo entiendo…

—Aparecerá el cadáver y uno de vosotros se dejará pillar. Cumplirá su condena y nadie sabrá nada de mi negocio. Todo tiene que quedar como una puta ida de olla de unos niñatos de pueblo. Baja del coche.

Mientras obedece, pregunta si puede volver a ponerse en contacto con él.

—No te interesa…Si hay próximo contacto no seré tan amable. Tenéis tres días.

Al abrir la puerta de su nidito conyugal, Santi ya no era un hombre libre.

—¡Cariño! ¡Ya estás en casa!—se abalanzó Elvi deshecha en felicidad— ¡Voy a decírselo a papá! ¡Están deseando verte!

—¡No! No, Elvi…tengo que salir…

—¿A dónde?

—Me ha llamado Víctor…anda liado con un tema fiscal…tengo que ayudarle…me servirá de distracción…

Se metió en el cuarto de baño y cerró la puerta. Abrió el grifo de la ducha y permaneció unos segundos contemplando el chorro, se quitó la ropa y se duchó rápido. Al salir, Elvi le esperaba sentada en la cama, desnuda.

—Y… ¿No te apetece quitarme las penas de estos días?

La contempló unos instantes y se acercó. Sin ni siquiera inclinarse, le agarró la cabeza con ambas manos y ella le besó en la tripa. Cerró los ojos, la práctica era habitual así que esperó a sentir la toalla cayendo desde sus caderas, los labios y los dientes de Elvi bajando despacio y cuidadosos por la pelvis y ese primer lengüetazo que recibió como una descarga.

—¿Qué te pasa?

—No puedo, Elvi.

—Ya…

—Tengo que irme, en serio…Cuando vuelva lo acabamos.

La besó en la cabeza y se vistió.

***

153

A los quince minutos estaba saludando al padre de Jesús en la carnicería, aguantando el tipo ante dos clientas que le repasaban con los ojos.

—¡Cobro aquí y salgo! –le avisó Jesús mientras tecleaba la báscula.

Con una mueca extraña que pretendió ser una sonrisa, enfundó las manos en los bolsillos de los pantalones, dio un giro hacia la puerta y salió. Rodeó la casa por el callejón de la derecha, estrecho como una persona y con las paredes desprendiendo hielo, incluso a mitad de un día de agosto.

Jesús salió por la puerta de atrás restregándose las manos en el mandil.

—Necesitamos que aparezca la chica.

—¿La chica? Deben estar en la cabaña. No hablo con César desde ayer, supongo que llegaron de madrugada.

—No hablo de la chica de César—Jesús le mira extrañado— me refiero a la muerta. Han hablado conmigo. Quieren el cadáver. Encargarte tú de llevarla a la cabaña y allí te explico el resto. Por cierto, ni puta idea de dónde puede estar Víctor, ¿no?

Jesús le escucha sin interrumpir, sus labios se han entreabierto y esperan impacientes. Mueve la cabeza de un lado al otro.

—La chica no va a aparecer.

—¿Qué?

—La despiecé y la llevé a la fábrica de piensos…Hará ya días que alimente a más de un caballo británico –vuelve a restregarse las manos y apoya una de ellas, nervioso, en la pared de piedra, sobre ella posa su frente que ya ha empezado a sudar.

—¡Joder! ¡Estáis como una puta cabra! –Santi pierde la entereza y suelta una patada al aire.

—Tío, cálmate, hay gente en la tienda, nos van a oír.

Respira hondo y entiende que Jesús tiene razón. Deja caer su espalda sobre la fachada arrugada y fría. En los casi siete años de amistad, había procurado no tratarle a solas, no acababan de congeniar.

Normalmente intentaba que estuviera Víctor de por medio, lo que no era complicado ya que apenas se separaban. Escucha su respiración congestionada y su estridente voz nasal sacándole de quicio.

—Podemos conseguir un cadáver.

Fija su mirada en el barro, la arcilla resultante de la sangre de los animales sacrificados en contacto con el suelo del corral.

—Ya te he dicho que supongo que César está en la cabaña con la piba del madero. Nos la cargamos de una puta vez y la soltamos para que la encuentren.

—Tío, es una persona diferente, ¿no has oído hablar de la identificación?

—Hay maneras de que no puedan identificarla.

Santi levanta la cabeza y enfrenta su mirada.

—¿Otra muerta?

—Si lo piensas, es una muerta menos…la vamos a hacer pasar por la chica y además nos aseguramos de que no cante. ¡Venga! ¡Sabes que el marica del César no va a hacer ná!

Continúa clavándole con los ojos aunque ha suavizado su expresión, incluso sonríe.

—A mí nadie me niega que tú estás disfrutando con toda esta historia—le señala.

Jesús le da la razón con un gesto y entra triunfante en la trastienda. Santi se escabulle por el callejón.

***

César bebe de una lata de cerveza mientras Marta, sentada a su lado, con las manos recogidas entre las piernas, intenta mitigar el temblor. La puerta de la cabaña se abre.

—¡Hola, tíos, joder! ¡Menos mal que ya estáis aquí!- exclama César al verles entrar.

La cara de Santi no disimula su soberbia.

—¡Llévatela al cuarto y ponle una brida, coño! ¡Parece tu novia! ¡Y quítale la ropa!

César deja la lata en el suelo, al levantarse nervioso, la golpea y a sus pies se forma un charquito de espuma de aroma agrio. Agarra a Marta de un brazo y se la lleva.

En la habitación, la desnuda y la tumba en el colchón mugroso, no es capaz de ignorar sus convulsiones de terror, así que acaricia su cabeza y le atusa el pelo, no sabiendo muy bien por qué lo hace. Aprieta una brida en las muñecas y otra en los tobillos, ésta última se injerta en la carne hasta abrir una herida.

Se queda de lado, encogida, mirando a la ventana, y de espaladas a la puerta. No piensa en nada porque es incapaz de concentrarse. Su cuerpo pega brincos sin control. Siente la garganta seca y una náusea poderosa.

Sola en el cuarto, escucha muy lejanas las voces de César y Santi, además de por el pasillo que les separa, por la afilada migraña que se le ha agarrado al medio de la frente, como si cavaran un surco en mitad de su cerebro.

Los ojos se le cierran y abren de manera involuntaria. El corazón late muy rápido y pesa tanto que casi le impide tomar aire. Las voces se callan y en su lugar escucha pasos acercándose.

Se abre la puerta emitiendo un sonido correoso con el que parece pretender alertarla. Intenta ver lo que pasa, pero su cuello no da más de sí y deja caer la cabeza en el colchón.

Delante de ella se colocan los tres, Santi muy serio, César con una expresión desquiciada y dos manchas amoratadas extendiéndose por sus pómulos. Jesús sonríe mientras pasea un palillo entre los dientes, de un extremo al otro de la boca.

—¡Bueno, pues si os parece, empiezo yo, que hace ya semanas que no meto ni miedo!

Se echa una mano a la bragueta y con la otra aparta a César para que le deje pasar, este se mueve hacia la parte baja del colchón.

Marta ha perdido el control de su cuerpo que agarrotado, pretende defenderse solo. Santi se coloca en la cabecera de la cama y lucha por estirar sus brazos, rígidos y flexionados en posición de ataque, tira de ellos hacia atrás varias veces hasta que logra inmovilizarlos detrás de su nuca. Las manos se quedan en forma de garra, hacia arriba, clavándole las uñas en la carne de su antebrazo.

Jesús se tiende encima y empuja las caderas rebeldes de Marta con el peso de su cuerpo. Ella responde con un rodillazo directo a sus genitales, que esquiva abriéndose rápido hacia un lado.

—¡Sujétala, bien, hostia!

La penetra con fuerza, ella tiene los ojos muy abiertos, incapaz de variar ninguna posición. El acto parece eternizarse, siente su aliento caliente asfixiándola, hasta que por fin emite un gemido y el palillo se le cae de la boca para aterrizar, húmedo y pegajoso, sobre su mejilla.

Descansa unos segundos sobre su pecho y vientre y se incorpora de nuevo, acompañando el esfuerzo con otro gemido. Se coloca los pantalones arrodillado aún sobre el colchón.

—Bueno…el siguiente.

Santi y César se miran, ninguno tiene ganas de meter la polla donde la acaba de meter el gañán de Jesús, dudan.

—¡Venga, coño! –les increpa Jesús.

Santi se siente atacado y mira a su alrededor, repara en el botellín de la mesilla y sin soltar los brazos de Marta le hace un gesto con la cabeza a César.

—¡Pilla el botellín!

Al notar el frío del vidrio adentrándose en su vagina, Marta tiene suerte como pocas veces en su vida y se desmaya.

16

Lucio conduce sin ser muy consciente de lo que hace, en un principio se marcha a casa a descansar y pensar con claridad.

Uno de los nueve semáforos que al pirado del Alcalde se le ocurrió colocar en el pueblo cambia a rojo y le hace frenar de golpe, abandonando su estado de letargo.

Al mirar hacia el asiento del copiloto, repara en el móvil confiscado de Santi, mira el reloj y relaciona los días y los hechos extraños que se están sucediendo en su vida, ahora revuelta y sin Marta. Ya han pasado 24 horas desde que escuchara su voz por última vez. Llama a Ruti.

—Vamos a la puta cabaña.

La recoge y le guía por el puerto, cuando llegan, ya es de noche. La verja está cerrada y el camino, al igual que la casa, cobijado por la oscuridad, no da ninguna pista de lo que alberga al fondo.

—¿Tiene más entradas?

—No tengo ni idea, solo he estado esa vez y entramos por aquí.

—Vamos a averiguarlo (sale del coche).

—¡Lucio!

—¡Tú no te muevas!

Bordea la finca y localiza una parte del alambrado dada de sí, le vale para entrar. Recorre en zancadas agachadas los metros hasta llegar a la casa.

Una de las ventanas emite una luz muy pobre. Se pega a la pared y se asoma, al otro lado hay una habitación pequeña, un colchón sucio y una mesilla de noche.

Alguien está frotando con fuerza la pared que cae por debajo de la ventana, también hay un cubo que apesta a lejía y una fregona, sin embargo no huele a limpio, huele a algo diferente que tarda en identificar pero que sin duda conoce.

La primera vez que vio un cadáver apenas contaba ocho años, fue en el mismo lugar, el pueblo, en el antiguo corral del bisabuelo, que hoy es la cocina de la casa familiar.

Su hermana Eva tenía la curiosa costumbre de recoger animales de toda clase, es por esto que a nadie le extrañó que acabara estudiando Veterinaria, no tanto como que al final montara un bar y arruinara su vida con el ludópata de su marido.

Un verano especialmente fructífero en cuanto a rescates se refiere, llevó a casa una gata que parió al poco de llegar, transformando en ocho la cifra de refugiados: la familia felina, un gorrino que tuvieron que devolver a su dueño, ya que no se trataba de una mascota sino del menú del domingo siguiente y Pera, un mestizo de perro de caza que se convirtió en el amigo más fiel que jamás tuviera Lucio.

Cuando su madre le despertara, aquella mañana de mercadillo, a gritos, exigiéndole que sacara esa porquería del corral, Lucio se adentró sin rechistar, con los ojos aún medio pegados del sueño y las neuronas intrigadas por el mismo olor que ahora flotaba en aquella habitación, treinta años después.

Entre unos trapos viejos y sorteado por alguna que otra mosca, distinguió el cuerpo de su fiel compañero, Pera, reaparecido por fin, tras varios días de fuga, en busca de alguna perra en celo.

Le habían matado de una paliza y devuelto al corral del bisabuelo. Lo sacó de allí y lo enterró en la finca, al lado del pozo.

El que limpia la habitación es Jesús y el que se ha aproximado hasta el coche de Lucio, alertado por las luces, es Santi. Ruti está ensimismada con uno de los temas de la radio, canturreando bajito para calmarse. Santi se asoma por una de las ventanillas y da dos golpecitos.

Ruti pega un salto y se abalanza sobre los seguros de las puertas, tras cerrarlos uno a uno, consigue sentarse de mala manera en el asiento del conductor.

—¿Cómo se hacía esto? ¿Cómo se hacía esto?

Gira la llave, mete primera y acelera a fondo. En el volantazo casi se lleva por delante a Santi que se había situado en el lado del conductor. Desaparece carretera abajo.

—¡Lo siento, Lucio, tú eres madero, algo podrás hacer!

Santi se queda envuelto en la nube de polvo que ha provocado la huida. Ha tenido tiempo de identificar el coche de civil de Lucio.

Corre lo más deprisa que puede hasta la puerta de la cabaña y a unos metros de ésta, frena la carrera y llega caminando y aparentemente tranquilo, mirando a los lados de vez en cuando. Entra y llama a Jesús que acude ataviado con trapos y fregona.

—El poli está aquí. Acabo de ver a la cerdita en su coche, se me ha escapado. Él no debe andar lejos. ¿Qué estabas haciendo?

—Limpiando la habitación.

—Vuelve y sigue como si nada.

Lucio se ha trasladado a la parte delantera de la casa para observar de cerca los coches que hay aparcados y hacerse una idea de a cuántos se enfrenta.

Comprueba una vez más, al echarse la mano a la cintura, que sigue olvidándose de su Heckler cuando va de paisano.

Levanta la cabeza y suspira fastidiado, nota algo frío en el cogote y escucha un clic.

—Agente, estoy en la obligación de informarle de que tiene un cañón de escopeta en la cabeza. Levántese y empiece a andar, despacio.

Sin moverse, echa un vistazo a su alrededor y descubre una piedra del tamaño de su mano junto a su pie derecho, la atrapa y la lanza con un giro rápido y seco en dirección a la voz que habla a su espalda, después se tira de nuevo al suelo.

Santi recibe el impacto y cae. Cuando se recupera, no hay rastro de Lucio. Entra en la cabaña, furioso.

—¿Qué ha pasado? Estás sangrando, tío…

—¡Pilla la escopeta!

Salen los dos armados y con linternas en dirección a la cancela, piensan que su presa irá hacia allí, donde cree que le espera su coche.

Por su parte, Lucio no ha pensado hacia dónde se dirige, va dando tumbos y sorteando hoyos en el suelo. Cuando ve que las luces de las linternas le muerden el tipo, se lanza largo al suelo y cuenta hasta diez, luego se levanta y cambia el rumbo.

Con una de las ráfagas, distingue las piedras del vallado a un par de metros, repta por la tierra húmeda y salta. No tiene tanta suerte como al colarse y el cable de espinos le desgarra el pantalón, le araña la tripa y le marca la mejilla, aprieta los labios para no gritar. Topa con el costado contra la tierra, como escupido por el alambre. Distingue gracias a otra ráfaga, que ya no hay ningún coche allí donde debería esperarle el suyo.

—Ay, ay, ay, teniente… Parece que te han dejado solo…

Vencido, sin poder respirar por el dolor intenso que le transmiten sus costillas, siente un golpe contundente en la nuca. Un hormigueo le recorre la cabeza y la yema de los dedos hasta perder la consciencia.

***

La voz de Santi de fondo, dirigiéndose a alguien que no es él, le ayuda a despertarse. Ve borroso, se esfuerza en mantener abiertos los párpados, le pesan y le escuecen hasta no permitírselo. La presión que aún nota en el pecho y la imposibilidad de moverse le aclaran que su situación no ha mejorado. La garganta le arde.

—Solo nos divertimos un poco, nadie lo va a notar, Miguelo—guarda silencio, está escuchando—De acuerdo. En dos horas.

Cuelga y se da cuenta de que Lucio ya se ha despertado. Mueve una silla y se sienta enfrente, muy cerca, sus rodillas casi se tocan.

—No sé cómo cojones se ha complicado tanto todo esto –habla en un tono bajo y alterado.

Lucio emite una especie de gruñido que pretende ser una pregunta, la ronquera impide que se le entienda.

—¡Jesús, trae agua! ¡El agente tiene algo que decirnos!

La sensación de un chorro de líquido que le cae en la coronilla y le recorre la frente, hace que se retuerza y sube la mirada. Distingue a Jesús vertiendo el agua sobre su cabeza y también ve cómo se ríe cuando intenta reconducir el diminuto riachuelo hasta su boca.

Logra atrapar un par de gotas y desiste. Sacude la cabeza y algo mareado intenta hablar de nuevo, tiene que subir el tono para superar el sonido estridente de Jesús convirtiendo la botellita en un gurruño de plástico.

—¿Qué se ha complicado? –logra vocalizar finalmente.

El tono de Santi cambia hacia la furia.

—¡Todo! ¡Hijo de la gran puta! ¡Todo!

Ahora se dirige a su compinche para contarle la conversación telefónica que acaba de mantener.

—Dicen que no quieren a la chica…que nos la hemos follado…

—¡Te lo dije! Teníamos que habérnosla cargado y darles el fiambre. ¡Si no hubieras escuchado al marica este!

Al apartarse, deja despejado un ángulo de la habitación que permite ver a César, abatido en el sofá, mirando la tele como si nada fuera con él. Ni siquiera las palabras de Jesús le provocan, su mente parece vagar por otros lugares.

—Nos la devuelven…Hay que recogerla donde siempre.

—¡Más os vale que os hayáis follado a alguna de vuestras abuelas, porque si se trata de Marta os voy a matar con mis propias manos, hijos de puta!—consigue hacerse oír Lucio.

Forcejea con las muñecas y se escucha un chasquido que proviene del respaldo de su silla. Santi se inquieta al ver desgastado el mimbre de la pata y le suelta un puñetazo a la altura de la oreja que le voltea la cara. Vuelve a sentarse enfrente de él y espera paciente a que se recupere.

—Tu novia está con unos amigos. En un ratito podrás verla.

—¡Te voy a matar, cabronazo!

—¡Joder…ojalá lo hicieras! ¡Me metería un tiro ahora mismo si no fuera porque me lo van a dar unos hijos de puta mucho más grandes que tú!

El móvil de Santi vuelve a sonar, lo saca inmediatamente de su bolsillo.

—Dime. De acuerdo, no hay problema. Estaré allí.

Cuelga.

—¿Ves? Tengo una cita. Luego seguimos la charla.

Santi fuma nervioso con la cabeza apoyada en el respaldo del asiento del conductor. Espera solo como le han dicho.

Sabe que le van a matar y su mente entra en juegos pervertidos como preguntarse quién lo hará, *¿Miguelo?, ¿el tipo enorme que conoció en el cementerio?*

La luz del coche que se sitúa detrás le saca de sus divagaciones. De él baja Miguelo, se dirige al maletero, lo abre y le hace señas para que se acerque.

—¡Pilla a la chica y lárgate!

Se refiere a Marta, tumbada boca abajo y que intenta incorporarse. Miguelo acaricia su cabeza y le recoge el pelo en la nuca, como lo haría una madre. Sin dejar de mirarla, se dirige a Santi.

—No sé por qué coño has vuelto a intentar un trato. Ya te dijimos que esto no se arregla con otra chica, además, sois unos bestias, a una dama no se la trata así…No es nuestro estilo.

Santi la coge en brazos y la lleva hasta su coche. Miguelo le sigue, espera a que la encierre en el maletero y vuelve a hablarle.

—No te mato porque quiero que la lleves de vuelta a su casa esta misma noche.

—¡Eso es imposible! ¡Mira cómo está la chica! ¿No hay otra manera de arreglarlo?

Miguelo sonríe y avanza a pasos calmados hacia su coche. No hace ninguna sugerencia.

17

Ya no recordaba cuándo dejó de dormir. A los dieciséis años, Rodolfo, empezó a visitar los gimnasios, animado por su corpulencia y un espíritu carente de intelecto. Fanático de las pelis de Bruce Lee, probó primero con el kárate, hasta que su monitor, un tío diminuto y calvo, le aconsejó que se pasara a la sala de musculación, ya que su metro ochenta y seis pocas opciones de llaves marciales podía ofrecerle.

—¡Estas artes se crearon para que los bajitos os diéramos por culo a los grandes, Rodolfo! ¡No me jodas! ¡Métete ahí y transfórmate en un toro! ¡Dentro de unos años me lo agradecerás!

Rodolfo se pasó a las mancuernas y a las miraditas cruzadas entre los espejos. En un año dobló su peso y los brazos se le pusieron como muslos de adolescente, turgentes, voluminosos, parecían criaturas recién alimentadas.

Dejó el instituto por su reciente pasión. Pronto necesitó dinero, pues su abuela, con quien vivía desde que salió de la planta de maternidad del hospital, le dijo que si había decidido convertirse en un *chulo putas que se largara de su casa, que bastante penitencia había cumplido ya criándole el hijo a una vaga deslenguada, qué vete tú a saber en qué cama se ganaba el sustento después de haberle dejado el marrón del crío.*

Se mudó a una de las habitaciones que alquilaba la recepcionista del gimnasio y empezó a ganarse los cuartos repartiendo flyers e invitando a chupitos a las adolescentes pijas. Poco tardó en colocarse el pinganillo y la mala baba de portero.

Para rendir en sus dos mundos temporalmente opuestos, Rudo—como se le conocía en la noche— se dejó seducir por las anfetas que le conseguía el Iván, *el mierdecilla del gym que siempre llevaba una toallita roja al cuello*. Y así se le estaban pasando los años y tenía ya veinticinco, imponiendo su enorme brazo a las narices de los pringaos que se creían libres para divertirse en los garitos en los que hacía de cancerbero.

Hasta que una noche, el Iván fue a verle a la cola de El Cook y le exigió que le pagara la deuda gigantesca que su afición por las pastillitas mágicas le había ido rumiando, y él no tenía la pasta y el Iván resultó ser un tipo peligroso pero con recursos.

Lejos de dar por perdida su oportunidad de cobrar, le propuso un curro nuevo.

—Tío, en dos meses, estarás en paz conmigo, en un año te pasarás esta mierda de vida por el forro de los huevos.

Y aceptó.

La noche del domingo—que hasta entonces era su única de libranza— quedó con él para que le llevara a la fiesta privada en la que tendría que ejercer de segurata. Pues en hacer lo hecho hasta ahora, cobrando el triple en tan solo una jornada, era en lo que consistía.

Y allí se plantó en la puerta de la impresionante mansión, con su pinganillo y su traje negro, flanqueado por tres compañeros que le parecieron de cera durante toda la velada, hasta que los asistentes—todos hombres, por lo que pensó en prostitutas de lujo haciendo su entrada aparatosa por la puerta de atrás- se subieron a sus cochazos y desaparecieron.

—Bueno, chicos, ¡a recoger!

Le dijo la estatua de su izquierda, que cobraba vida propinándole un toquecito en el brazo que hasta se le había dormido.

En un principio no entendió a qué podía referirse, nunca le había tocado limpiar, pero le siguió por el interior de la morada sin hacer preguntas, porque también es cierto que nunca le habían pagado como se suponía que lo iban a hacer aquella mañana de lunes.

Los otros dos trajeados iban detrás de él, ya conocedores de sus funciones y al parecer, de las múltiples estancias de la mansión, pues asomaban el cuello por alguna de ellas y reían cómplices.

—¡DOS! ¡Vienes conmigo a la bodega! ¡TRES y CUATRO! ¡A la cocina! …Hoy les ha dado por lo culinario…

Ya le advirtió el Iván que le llamarían por un número, que nadie iba a utilizar nombres. Cuando se adentró hacia la bodega detrás de quien supuso UNO, lo primero que le llamó la atención fueron las botellas de vino de reserva esparcidas por el suelo, con su ya desmerecido contenido jugando a hacer charcos a su alrededor.

Esperó quieto a que UNO saliera de detrás de una puerta que imaginó un cuarto de utensilios de limpieza, y se preparó para recibir un mocho entre sus musculados brazos.

Sin embargo, lo que le entregó UNO fue un par de guantes de plástico para las manos y otro para cubrir el calzado, esa especie de traje de astronauta que sirven para protegerse de enfermedades bacteriológicas. UNO ya se había puesto el suyo. Lo creyó excesivo, pero se lo vistió.

Siguió a su compañero bodega adentro y al llegar a la última de las cuatro mesas alargadas, colocadas en paralelo como bancos de clase, este paró en seco para darle las instrucciones.

—Tú pilla de los pies, haz fuerza porque no la vamos a soltar hasta llegar a las escaleras, ¿me entiendes? Todo de un pulso.

Al mirar hacia abajo descubrió el cuerpo de aquella chica, amoratado, sangrante en muñecas y genitales y con los ojos muy abiertos.

Le agarró de los tobillos y a pesar de los guantes, los sintió aún templados. Reparó en su juventud. Sin soltarla, la llevaron hasta las escaleras, allí le tocó continuar con la carga a él solo mientras UNO se adelantaba a echar un ojo a TRES y CUATRO.

Al llegar al pasillo que unía la cocina con la bodega, le adelantaron con otro cuerpo de mujer, también desnudo, flojo y con la cabeza colgando, estaba pringoso y apestaba, por el matiz amargo apostó a que era vómito.

Metieron los dos cadáveres en una furgoneta y se quitaron los trajes. TRES y CUATRO se subieron a los asientos de acompañantes y UNO se atusó el pelo, se metió la mano en el bolsillo y sacó 4.000 euros en billetes de cuantía variada que le entregó a Rudo.

—Son cuatro, como acordamos. Lo has hecho bien, si quieres repetir, habla con Iván.

Le guiñó un ojo, se subió al vehículo y se largaron.

Acomodado en su coche, Rudo sintió una náusea efímera que ahogó rápidamente con la certeza metálica que le oprimía el muslo desde el bolsillo.

—¡Joder! ¡Cuatro mil eurazos! ¡Ya te digo que vuelvo!

Y volvió un domingo, otro, así hasta poder permitirse dejar las puertas de las discotecas y convertirse en un experto en tratar cadáveres y esconderlos.

Su lugar favorito eran las barriadas de yonquis. En aquellos descampaos podías soltar los cuerpos casi amontonados en fosas comunes y después de asegurarles el chute a los más zascandiles, te olvidabas tranquilamente de todo. Sus leyes y fronteras propias no tratan ni con polis ni con jueces.

Sin embargo, no era siempre un trabajo cómodo, a veces, se complicaba y de qué manera. Nunca se le olvidará a Rudo el caso de aquella universitaria a la que se llevaron de los alrededores del colegio mayor donde residía.

Aprovecharon que fue a mear detrás de unos coches, una noche de botellón. Cuando las amiguitas sintieron que tardaba demasiado, se pusieron a gritar como hienas y llamaron a la policía. Con el revuelo que se originó, nadie se fijó en el Ford Fiesta rojo con el que consiguieron sacarla de allí.

El cliente quedó especialmente satisfecho con su retorcido capricho y aunque se sacaron una pasta gansa, lo estresante vino después: a alguno de los que decidía, se le ocurrió la descabellada idea de tirar el cadáver por un puente que cruzaba la autopista en el recorrido cercano a la Ciudad Universitaria, para que pareciera un suicidio y las pruebas fueran borradas por los coches que lo atropellaran.

Calcularon mal y el primer coche que pasó lo recibió en el capó y se estrelló contra el quitamiedos. Los dos ocupantes murieron en el acto y el cadáver viajó intacto hasta el arcén, era evidente que las lesiones procedían de otro origen diferente al accidente.

Tras untar con esmero a uno de los subinspectores de la comisaría del distrito, "el caso del puenting" quedó relacionado con la investigación de las novatadas universitarias y dos chavales ingresaron en prisión por veinte años.

Después de este circo, Rudo no volvió a trabajar con la misma tranquilidad. Se le reveló el peligro que corría por ser el último peón de una maquinaria tan poderosa.

Que las chicas se convirtieran en cadáveres era sin duda la pieza que hacía tambalear el engranaje de la operación y desde entonces, el dar con una fórmula perfecta que eliminara este factor, pasó a ser su objetivo existencial. ¿Y si las chicas no tuvieran que morir?

Su pasado reciente como toxicómano de drogas de diseño, le puso de inmediato sobre la pista y así comenzó a trabajar con el cocinero del Iván –así llamaba a su químico- para elaborar una droga que borrara por completo la memoria de las chicas, que las permitiera regresar a sus vidas, sin la más mínima sospecha de haber sido víctimas de las vejaciones a las que serían sometidas.

Bien es cierto que probaron con la conocida Burundanga, la llamada "Droga de los violadores", su nivel de toxicología ni siquiera se acercaba a lo deseado. El cocinero les habló de la Dama Invisible, una sustancia que empleaban empresarios de alto poder para llevar a cabo sus venganzas.

Les comentó que una vez trabajaron una partida que un banquero—actualmente en prisión— le encargó a él y a su ex socio para devolvérsela al tipo que le denunció. El entonces abogado fiscal de una conocida firma valenciana se despertó en un calabozo en Tailandia, con el culo abierto por los cuatro kilos de coca que llevaba adentro.

En sus insistentes entrevistas con la embajada, tras meses de cautiverio asiático, insistía en no recordar nada de lo sucedido antes de despertarse en el frio y podrido suelo carcelario.

Tras meses de ensayos y pruebas en los que el cocinero se dejó el alma, Miguelo, un chaval al que Rudo había metido de RRPP en la noche y que se había convertido en su mejor conseguidor de chicas—por su condición de universitario— ofreció a su reciente rollete como cobaya del nuevo mejunje.

La chica fue drogada un viernes, en lo que creyó una cita. Transportada a la casa del pueblo de este, a unos 45 km.s de Madrid, ferozmente agredida y violada por los cuatro cerebros de la pesadilla, Miguelo, Rudo, Iván y el cocinero y devuelta el sábado por la noche a su habitación del colegio.

El domingo quedó de nuevo con Miguelo quien se encargó de establecer una relación más cercana y formal para vigilarla de cerca. Cuando transcurrido un año, comprobaron que la chica no recordaba nada, cortó con ella y se centró en el negocio: ya podían ofertar su primer *paquete de abusos sin riesgo de muerte.*

Se hicieron con seis pueblos de la sierra madrileña, conectados entre sí por unos noventa kilómetros, en los que grupos de chavales con ganas de pillar pasta fácil, les hacían el trabajo sucio de secuestrar y devolver a las chicas.

Él solo tenía que llamarles, decirles el lugar y de vez en cuando ir a reclutar a nuevos colaboradores, aunque lo normal es que corrieran la voz y se pasaran el negocio entre las generaciones.

En siete años monopolizaron el mercado del sexo criminal en Madrid. Sus clientes no tenían nada que ver con el puterío, ni siquiera con el de lujo: eran poderosos con deseos poderosos. No conocían la competencia.

Cuando se presentó en Álamos, Rudo volvía de unos días de relax en la costa. Como le pillaba de paso, le dijo a Miguelo que él se encargaba de hablar con Santi.

Pensó que meter miedo a un paleto de pueblo no le iba a suponer a estas alturas ninguna tarea estresante.

Se equivocaba.

18

Lucio se ha quedado dormido y su cabeza pinga del cuello de manera anárquica, todo su cuerpo rezuma y duele como si ahora fuera una enorme llaga putrefacta.

César sigue en el sofá y Jesús devora una barra de salchichón en la mesa de al lado de la nevera.

Las llaves les avisan de la llegada de Santi que abre la puerta sin acertar a la primera, y les mira a todos con los ojos muy abiertos y el color de la piel pálido.

—¡Llama a Víctor!—le grita a Jesús que se mete la rajita de embutido en la boca, saca el móvil del bolsillo del pantalón y se lo coloca en la oreja.

—No lo coge, tío…a saber dónde anda…—comenta al tiempo que su lengua recorre las encías en todas las direcciones posibles.

Santi se mueve de un lado a otro, suda y se revuelve el pelo. Lucio se ha despertado y contempla la escena con cierta satisfacción, *algo va muy mal para estos cabrones y tengo que aprovecharme de ello*.

En uno de sus cortos paseos, Santi se acerca a César y le suelta una colleja despectiva.

—¡Salir a por la chica, cojones!

La respiración de Lucio vuelve a entrecortarse y el corazón le asalta en pálpitos bruscos, acabará reventándole la caja torácica si no consigue dejar de temer por la vida de Marta.

Los dos esbirros salen no todo lo veloces que podrían ser, el vagar fracasado de la operación les está haciendo mella. Cuando la traen, Marta es un cuerpo desnudo y golpeado, semiinconsciente, se queja emitiendo gemidos apenas audibles.

Lucio intenta canalizar la rabia a través de la presión que sus labios ejercen el uno contra el otro.

—¡Ahora volvéis a por el madero! ¡Qué pasen un ratito romántico mientras pensamos que coño hacer!

César le agarra por los pies con la silla aún amarrada a su cuerpo y Jesús rodea los hombros de Lucio con sus fornidos brazos.

En lugar de forcejear, reacción que siempre le ha parecido patética en las situaciones de evidente indefensión, le susurra al oído.

—Si no improvisas una manera mejor de llevarme a la cama, te arranco tu jodida oreja de un mordisco, hijo de puta.

Jesús le suelta un cabezazo y la mandíbula de Lucio parece salirse de su línea natural.

—¿Qué te parece esta, so-mierda?

Se lo llevan derrotado a la habitación maldita y lo colocan enfrente del camastro. En él está Marta, tumbada boca abajo, respira.

Está despierta, puede ver cómo su dedo índice hace lentos garabatos en el mugriento colchón. La llama una vez que intuye que se han quedado solos.

—¡Marta! ¡Martita! ¡Soy yo!

Marta no contesta, no puede ver su cara porque la cabeza está vuelta hacia la pared, solo aquel dedo que se mueve autónomo.

Santi está llamando por el móvil cuando Jesús y César regresan de encerrar a Lucio, les da la espalda, girado hacia una de las paredes de la cocina.

En la habitación, empieza a escucharse una pequeña vibración y la melodía del himno del Real Madrid que va ganando en volumen. Los tres se quedan paralizados. Santi se vuelve despacio mientras libera su oreja del aparato.

—¿Qué es eso?

César señala hacia el montón de abrigos que han ido dejando en la silla de al lado de la puerta.

—Viene de ahí.—Se acerca y retira una sudadera, debajo está la cazadora de Jesús, el sonido, sin duda, proviene del interior de uno de sus bolsillos. Mete la mano y saca el aparato.— Es el móvil de Víctor…

Se miran entre ellos, interrogantes.

—¿Por qué coño tienes tú el móvil de Víctor? –pregunta Santi.

Jesús, con los brazos en jarra, levanta una ceja para expresar lo evidente. Suspira.

—Digamos que ya no es un problema…

—Que ¿qué?

—¡Vino a decirme que se piraba! ¡Que le habían acojonao! Tuve que cargármelo.

—¿Te has cargado a Víctor, puto tarado?

—¡Eh! ¡Sin faltar! ¡Os estoy sacando de este embolao como se debe hacer!

—¿«Como se debe hacer»? ¡Te has cargao a tu colega y nos vas a meter a todos en la cárcel!

—¿Y qué se te ocurre a ti, pijo de mierda? ¿O al niñato este?—grita señalando a César que sigue petrificado con el móvil en la mano—Además, no os preocupéis porque no nos pueden relacionar, ya han debido encontrar los restos pero es imposible saber de quién son.

Santi se sienta y presiona su cabeza con ambas manos, puede escuchar ese zumbido que suele preceder la migraña. Jesús intenta calmarle.

—No te ralles, tío…ahora hay que centrarse en lo que hay en el cuarto.

***

En aquel cuarto, Lucio intenta acercarse a Marta, ha conseguido arrastrar la silla apenas unos veinte centímetros que no son suficientes.

Clava con firmeza las plantas de los pies en el suelo y levanta la parte superior de su cuerpo con el mueble atado a su espalda, sus rodillas están flojas debido a que son ya unas cuantas horas las que llevan flexionadas en la misma posición, se tambalea.

Encorvado, con la visión del suelo borrándose en ráfagas ante sus ojos, cae sobre las piernas de Marta, sus labios descansan ahora sobre aquella piel que le enfurecía de placer con solo imaginarla y percibe cómo la empapa con su sudor y saliva que ya no son de amante sino de condenado.

—¡Joder con el puto poli! ¡Hasta que no le pase por el tajo no se va a estar quietecito!

Jesús ha entrado de nuevo. Pone derecha la silla y le suelta un puñetazo. Lucio se esfuerza por seguir despierto, un pitido en el oído izquierdo le anticipa que no va a lograrlo. Al volver en sí, viaja en el maletero oscuro de un coche. Está atado por los tobillos y las muñecas, tumbado, como lo estuvo Mónica. Sufre los brincos del suelo y de vez en cuando se golpea con un techo duro que suena a metal.

Su pulso se acelera y el aire, denso y caliente, falta cada vez más, *respira despacio, despacio,* se repite, la oscuridad es más poderosa. Siente una náusea y cuando cree que va a vomitar vuelve a perder el conocimiento. Ahora abre los ojos porque hay una luz intensa que le quema la retina, así que parpadea nervioso para adaptarse.

Un frío húmedo hace que su cuerpo tirite hasta la convulsión. Está desnudo y el color de su piel, ligeramente amoratado. Intenta mover las piernas, que dibujan una «ese» en conjunto con su tronco encorvado, pero el dolor se lo impide.

Mira a su alrededor para averiguar dónde está. Es una cámara de carne, las piezas de ternera y algún que otro cerdo, cuelgan del techo, amarrados a unos ganchos enormes.

Debe haber unas tres filas de animales congelados y en el extremo contrario de la pared, hay además una bolsa de plástico grande, blanqueada por la acción de la temperatura, transparente en su origen. Contiene algo, parece otra pieza.

Intenta moverse de nuevo, repasa una a una sus extremidades, enviando la orden de acción, y así se tira un buen rato. De repente, siente un dolor nuevo, lo localiza en una mano, en el dorso, *he girado un brazo.*

Acompañado de un alarido que sale de su boca como si ésta no le perteneciera, el costado del mismo lado le obedece también y voltea su cuerpo hasta quedarse bocabajo.

Contempla una baba que hace charco en la baldosa y luego alza el cuello. Ahora es cuando se da cuenta de que la puerta de la cámara está justo en el extremo contrario, custodiada por la bolsa de plástico.

Decide ir hasta allí, su piel está anestesiada y es incapaz de sentir a través de ella. Cuando se gira para vigilar sus piernas que aún están lentas, ve un reguero de sangre que le persigue y emana de él, ajeno.

Por fin llega a la puerta y se agarra al mango, al hacerlo, la pierna derecha se enreda en la bolsa y la abre un poco, lo justo para distinguir el color de lo que hay dentro.

Es carne, como pensaba, pero no es una vaca ni un cerdo, ni le falta la piel, como al resto de sus acompañantes de cámara. Se parece más bien a él porque tiene una mano que ha salido disparada a recibirle.

Colgado del mango con ambos brazos, patea el plástico intentando abrir un hueco que le permita ver lo que acompaña a la díscola extremidad, que es la cabeza de Marta, contra el suelo, cubierta por su melena negra enmarañada.

Se descuelga, debería llorar, derrumbarse, pero solo quiere volver a ver su cara. Con una de sus manos, hinchada y amoratada, tira de la mata de pelo y enfrenta su rostro, un dibujo horrible que perfila una mirada demasiado abierta y un rictus que por unos segundos le hace creer que aquella mujer es una desconocida.

El mango de la puerta golpea un par de veces, está atascado como consecuencia de haber sostenido todo su peso, y alguien pretende entrar. Tras varios intentos, Jesús entra en la cámara y da una zancada grande para dejar atrás la bolsa con el cuerpo de Marta. Busca a Lucio y no lo ve.

Se inclina para tirar de la bolsa y no consigue moverla, no recuerda que pesara tanto, pero no se extraña, cuando un cuerpo se congela por completo, pesa el doble. Se agacha del todo para asir mejor la carga, las palmas de las manos le sudan y tiene que secárselas restregándolas contra el pantalón.

Al volver a agarrar el plástico, el cuerpo de la chica se estremece y un brazo poderoso surge de debajo y le asesta un picotazo que le hace perder el equilibrio y le tumba bocarriba en la cerámica helada. En la frente, en la línea con su nariz, justo en el medio, palpa clavado lo que reconoce como uno de los ganchos con los que cuelgan las piezas. La sangre que resbala de él está muy caliente, tiene la sensación de que arde.

Va a perder el conocimiento y lo hace con la visión del teniente de pie, mirándole, desnudo.

Lucio carga con el cuerpo de Marta y sale de la cámara. Ante ellos, un pasillo oscuro y subterráneo se extiende hasta unas escaleras metálicas que se distinguen al fondo.

Avanza con el peso mortal de Marta y no se atreve a mirarla, más bien a verla. Sube los peldaños y empuja una trampilla que había quedado medio abierta en el suelo de la carnicería del pueblo. Está detrás del mostrador, junto al padre de Jesús que atiende a una de sus clientes.

—Venga, mujer, ¡Que las criadillas son salud! Además éstas las ha conseguido mi hijo. El cabrón no sé cómo se las apaña para conseguir cosillas así, género que se ve de "grumé", como dicen en la tele…Yo nunca había visto unos huevos de toro tan pequeños. ¡Mire, mire! Y se ven jugosos…

La mujer mantiene la boca abierta en lo que el carnicero interpreta como una reacción provocada por las turgentes bolas de carne, pero aquella voz a su espalda le ayuda a comprender.

—¿Por dónde se sale, por favor?

Al girarse y ver al teniente se queda mudo y solo es capaz de señalar el extremo del mostrador por el que se accede al público.

Lucio sale de la carnicería. Recorre la calle de detrás de la iglesia hasta bajar la Cuesta del Púlpito y entrar en el aparcamiento de la comisaría.

Debido a las prisas, Juan, que se lanzaba contra su coche patrulla, tarda unos segundos en darse cuenta de que el hombre morado y en cueros es su jefe cargando con un cadáver.

—¡Joder, Lucio! ¿Dónde andabas? ¡Un médico!— escudriña el cadáver intentando deducir quién es.

—Es Marta.

—¿Qué coño ha pasado? ¡Hostias! ¡Una manta o algo!

La entrada del cuartel escupe a una Isabel acalorada que corre portando una manta con la que envuelve a Lucio, y le abraza, como una madre reencontrada, rodeándole con sus brazos y sus voluminosos pechos.

—¡Ya está preparada la ambulancia! ¿Quién es la chica?

—…es Marta…

—¿Marta? ¡Dios mío! ¿Está…?

—Muerta. Isabel, que la ambulancia la traslade hasta el tanatorio. Yo estoy bien. En la cámara de la carnicería hay un cadáver, el hijo del carnicero…lo he matado yo.

La confesión se recibe sin trascendencia, Isabel le frota la espalda y hace un pequeño puchero con los labios mientras asiente con la cabeza.

—Lucio—interrumpe Juan—tenemos un aviso. Una llamada de uno de los vecinos del ensanche. Ha escuchado tiros, dice que hay dos hombres en la dehesa, uno de ellos tirado en el suelo y el otro sentado a unos metros.

—Id para allá. Yo me visto y os veo allí.

—Tómate al menos un café –sugiere la alarmada secretaria.

Isabel le tiende su brazo y ambos avanzan hacia el interior del edificio, mientras el cuerpo inerte de Marta se queda tendido en la acera, cubierto por la manta térmica. Le acompaña a los vestuarios y le da un uniforme.

—¿Seguro que puedes vestirte?

—Isabel…ya has conseguido verme en pelotas, no te voy a permitir que además me metas mano.

—De acuerdo—acepta con una mueca de leve diversión— ¡Avísame para lo que sea! ¡No me muevo de la puerta!

—Una cosa…

—¿Sí?

—Prepárame un coche.

Vestirse le cuesta más de lo esperado, le duelen las articulaciones, las pequeñas más que las grandes. Evita la vigilancia de los espejos cuando por fin se coloca la chaqueta de oficial.

Gira sobre sí mismo en dirección a la puerta, da un par de pasos y su cuerpo se dobla, una sustancia pegajosa se aloja en su garganta y le obliga a escupir. Ya sobre el suelo de goma, el esputo es de color rojizo y huele fuerte.

Limpia los restos que cuelgan de las comisuras con la manga, se yergue, carraspea y se va.

***

Fuera de la dehesa, los vecinos de la zona merodean en grupo cerca del vallado, saluda y lo salta. A medida que sus pasos van recortando la distancia, comprueba cómo la escena continúa fiel a lo detallado por Juan antes de salir de comisaría.

Hay dos hombres, uno tirado en el suelo y otro sentado en una roca, debía portar una escopeta que ahora sostiene uno de los municipales, parece tranquilo. El hombre tumbado ya no lo es tanto, está muerto a consecuencia de un tiro en la cabeza que hace que ésta vierta una sangre oscura.

Por más que se esfuerza en sacar conclusiones, no le conoce de nada, así que decide empezar por el asesino y se le acerca, se coloca delante de él.

—Paco…

Matasantos levanta la mirada y le sonríe.

—Agente…

19

Santi terminó la reunión con Rudo, salió nervioso del cuatro por cuatro y Matasantos, que había presenciado el encuentro porque le seguía tras haber recibido el chivatazo de su puesta en libertad, cambió de objetivo movido por un impulso irracional y pegó su furgoneta a los pasos del extranjero.

Después de salir del pueblo, a unos cuatro kilómetros, el vehículo del perseguido aminoró la marcha y paró en el perfil de la calzada. Matasantos lo hizo unos metros después, dejando al individuo del cuerpo gigante agachado al lado de una de las ruedas.

Paró la furgoneta inclinada en el linde del arcén y las fincas colindantes, se bajó anunciando su presencia con un portazo y caminó hacia Rudo. Este, se puso la mano derecha sobre la frente, a modo de parasol, y trató de distinguir las facciones del espontáneo. A gritos, Matasantos ofreció su ayuda.

—Buenos días, ¿ha pinchado?

—¡Buenas, amigo…! Pues la verdad es que sí… ¡Tanto coche para que me deje tirado peor que un cuatro latas! No tengo ni puta idea de cómo se cambia la rueda del tanque este…

—Eso te lo tienen que cambiar en un taller, los bicharracos esos pesan toneladas- Matasantos se agacha a su lado para estudiar con atención los bajos del vehículo.

—Tiene razón, amigo, ni se moleste. Ahora mismo llamo al Seguro, que para eso lo pago.

Rudo se levanta y saca el móvil del bolsillo, lo lleva a su oreja. Al flexionar el codo, la camisa de color blanco impoluto repliega su puño y deja a la vista la muñeca, poderosa y bien perfilada, rodeada por una pulsera de trenza de cuero negro, de la que cuelga un adornito de plata que baila al ritmo de sus movimientos.

—Sí…A unos cincuenta y pico de Madrid, creo…El pueblo se llama Álamos…No, no… Yo me habré quedado a unos cuatro kilómetros o así, ¿no, jefe?—se dirige a Paco, que ensimismado, tarda en contestar.

—Exactamente a cuatro y medio.

Paco se levantaba poco a poco sin poder apartar la vista del adorno recién descubierto, mientras rememora la discusión con Mónica.

—Papá, ¿tú sabes lo que es un piercing?

Mónica miró a su hermana sentada junto a ella en la mesa del comedor de abajo y las dos rompieron a reír. Su padre dejó de mirar la tele para buscar el mando y bajar el volumen, se avecinaba un tema incómodo.

—¿Qué dices hija? ¿Un qué?

—(las chicas volvieron a reír) ¡Un piercing, papá!

—Pues no, nena…ni idea…pero me temo que voy a seguir poco tiempo en la ignorancia.

Apenas tuvo tiempo para acabar la frase, cuando Mónica se levantó la camiseta y dejó al aire su ombligo, ahora anidado por un arito minúsculo del que colgaba un dragoncito plateado e inquieto.

—¿Te has hecho un agujero en el ombligo?

—¡Joder, papá, le quitas todo el glamour al asunto! No me he agujereado el ombligo, me he puesto un piercing PRECIOSO con un dragón.

—…Madre mía…—Paco se pasó una mano por los labios, como queriendo borrarlos.

—¿No te gusta?—preguntó al tiempo que se volvía hacia su hermana, pidiendo su colaboración.

—¡Pues claro! ¡Es precioso, papá, a mí me encanta!

Sin emitir juicio, decidió él también llamar a sus refuerzos.

—¡Morenaaaa! ¡Morenaaaa!

Su mujer asomó la cabeza por el arco que separaba la cocina.

—¿Qué sabes tú de esto?—le increpó.

Marga se acercó al flamante adorno de su hija, lo tomó delicadamente entre sus manos y luego se agachó depositando un sonoro beso en la barriguita de ésta, como cuando era un bebé.

—Que es precioso, como dice ella…y se lo he regalado yo.

—¿Tú?

—La acompañé a la tienda y se lo pagué. Ella lo eligió. Tiene un gusto único, mucho mejor que el mío (y le soltó sonriendo otro beso a su marido, mientras las hermanas reían).

Ahora el dragoncito pendía de la muñeca de este hombre al que no sabe por qué inexplicable razón había perseguido.

—¡Madre mía! ¡Dicen que tardarán dos horas!

Matasantos oyó quejarse a Rudo, al otro lado de su letargo. Contestó flojo.

—Eso serán cinco. Lo mejor que puede hacer es venirse para casa, esperamos a que le llamen y yo le traigo para que esté aquí cuando lo recojan. Luego vemos el horario de los autobuses y se vuelve a Madrid en el que mejor le vaya.

—Se lo agradezco…—comenta Rudo sorprendido por la hospitalidad.

—¡Pues tirando!

Ya en la furgoneta, Rudo le tiende la mano a Paco.

—Me llamo Rudo, amigo.

—Paco.

—¡Es una suerte encontrar gente como usted!

—Llámame de tú, por favor…no nos llevamos tanto.

Y era verdad. Una vez sentados juntos, era evidente que ni el uno era tan joven como pretendía aparentar a base de visitas cada vez menos distanciadas al gimnasio, ni el otro tan mayor. Eran dos hombres casi hermanos, paralelos, la vida del uno podría perfectamente haber sido la del otro.

Sin embargo, Paco Matasantos se había quedado en su pueblo natal, se había casado con su novia de toda la vida, había tenido tres hijos y Rudo le había arrebatado a uno de ellos.

—Bueno, ¿y qué haces por aquí, Rudo?

—Pues la verdad es que aquí no pinto nada, volvía a Madrid, después de pasar unos días de descanso en el Norte: negocios y algo de playita. He aprovechado para ver a un amigo que vive por aquí…

—¿A qué negocios te dedicas? Si puede saberse, lo mío está claro… ¡Soy un hombre de campo!

—Se ve, se ve…Paco…—apuntó riendo— me dedico a la noche…Soy portero de discoteca.

—¡Ah, vaya! Si lo sé no te ofrezco mi casa, tengo dos hijas que andan liadas con el temita. ¡Hay que joderse! Son mellizas, aunque ya no se parecen en nada, la Silvi es una cabra loca, estudia magisterio…Finalmente no se ha torcido tanto como su madre y yo temíamos…Y luego está Mónica, que es una magnífica estudiante, responsable, sincera…estudia ingeniería industrial.

—¡Joder! ¿Y de qué te quejas?

—Pues que antes, cuando eran pequeñas las controlabas más fácilmente. Con no separarte de ellas más que en lo justo, conseguías que su vida fuera segura…Ahora…apenas las veo…sobre todo a la mayor…

—¡Bueno, Paco, todos hemos sido jóvenes! Yo no soy padre, ni siquiera marido…supongo que el quid de la cuestión está en relajarse. Tú piensa que ya has hecho todo lo que estaba en tus manos como padre. ¿Qué edad tienen, veintipocos?

Paco asintió con la cabeza sin retirar la vista de la carretera, mantener la conversación y pensar en Mónica se le estaba haciendo muy duro. Sin embargo, Rudo se sentía como en casa, recostado en el asiento, abrazaba su nuca entrelazando las manos.

—¡Pues relájate, hombre! ¡Tú ya has cumplido! Ahora les toca a ellos poner en marcha tus enseñanzas. ¿O es que vais a ser responsables de lo que hagan toda la vida? ¡Venga, hombre!

Matasantos no volvió a abrir la boca en todo el trayecto. Era de locos, la quemazón que sentía engañaba de tal modo a sus sentidos, que por momentos movía la nariz buscando el origen de un intenso aroma a pólvora que no lograba localizar.

La jornada fue una tortura. Los de la grúa se presentaron a las cinco y media de la tarde y debido a las fiestas, el servicio de autobuses no funcionaba hasta el día siguiente.

A mitad de la cena, Marga se levantó visiblemente molesta y esperó a que su marido entrara en la cocina.

—Al menos podrías hablarle…no sé por qué le traes a cenar si luego no le diriges la palabra…Yo me acuesto, me duele la cabeza. Los niños vendrán tarde, estate al loro de la hora.

Pasó por el comedor, se despidió de Rudo y subió las escaleras hacia su dormitorio. Paco volvió a ocupar su silla enfrente de Rudo y siguió sin intención de abrir la boca. La tomó con el mando de la tele, pasando los canales a gran velocidad.

—Paco, tío, de verdad que te agradezco lo que has hecho por mí, pero esto se está alargando demasiado. He visto que hay un hostal cerca de la iglesia. Seguro que tienen algo para mí.

—¿En fiestas?—se sorprende Paco sin apartar la vista de la pantalla—Ni de coña. Además ya te he dicho que aquí no hay problema. Mi hija la mayor está fuera, te cambio las sábanas y duermes en su cama. Por la mañana, te llevo yo a la parada.

—Paco…no sé…en serio…ya has hecho suficiente. Yo creo que ya te han guardado la suite en el Cielo…

—Insisto.

Y Rudo durmió en la cama de Mónica, a pierna suelta. Paco no pegó ojo, toda la noche se la pasó planeando la manera en que iba a mandar al verdugo de su hija de vuelta al infierno, donde sin duda había sido creado.

Cada vez que en sus giros insomnes tropezaba con un pie de su mujer, se odiaba por no poder contarle quién era ese invitado tan especial que había sentado a la mesa de su familia y ahora dormía en el cuarto de Mónica.

Se levantó a las seis y cuarto y subió al doblao a reencontrarse con el equipo de caza de su padre: desenfundó la escopeta, la abrió y cerró dos veces, la cargó, la volvió a cerrar y apuntó. Después le puso el seguro, la enfundó de nuevo y la bajó a la furgoneta.

Se metió en la cocina e hizo café, tostadas de pan de pueblo untadas en aceite y sal. Despertó a Rudo y desayunaron. Se montaron en la furgoneta y en lugar de ir dirección a la parada del autobús a Madrid, se desvió al barrio del ensanche.

Paró al lado de la valla de la dehesa y dijo que se le había olvidado mear antes de salir de casa. Abrió la parte de atrás, desenfundó tranquilamente el arma, se acercó a la ventanilla del copiloto y le encajó el cañón en la sien.

—Sal, hijo de puta, o te mato aquí mismo.

El hombre grande se convirtió en ratoncito diminuto que descendió de la furgoneta y obedeció a Matasantos, saltando la valla y caminando delante de él hasta que le ordenó que se arrodillara.

—Paco, tío…

—No me hables…no me conoces de nada.

—Joder, eso es verdad, no te conozco. ¿Qué coño vas a hacerme? ¿Qué quieres?

—Quiero el dragón que llevas en la pulsera.

—¿Qué?

—No es tuyo. Dámelo.

Cuando Rudo empezó a aflojar el cierre de la pulsera, sin dejar de sentir el frio del metal del arma apoyado en su nuca, recordó al hermano pequeño de Miguelo cargando con la última chica.

Como era la primera vez que sustituía a su hermano, le notó débil y carente de elegancia—Miguelo parecía un amante trasladando en brazos a su última conquista, mientras que este, apenas salvaba a la cabeza de rozar el empedrado— por lo que se acercó a ayudarle.

Entre los dos, la encerraron en el maletero y el hermano regordete y chapucero se metió en el coche y abrazó el volante.

Cuando desapareció por el final del camino de tierra que daba intimidad a la finca del Gobernador Civil, vio a aquel dragoncito en el suelo, brillaba.

Al cogerlo, notó que aún irradiaba la temperatura del cuerpo del que acababa de desprenderse. Lo observó a trasluz y recayó en su pulsera de cuero negro. Abrió el cierre, enganchó el adorno y volvió a contemplarse la muñeca.

—¡Qué guapo, tú!

***

188

Se despierta despacio y con la boca seca. Son las cuatro y media de la mañana y Luc vuelve a extrañar la cama. Las noches no son lo suyo. Lucio, en cambio, ha conseguido dormir y lo ha hecho sin problemas y de manera profunda, no lo comprende.

Si no es por el ruido de la lamparita de noche cayendo sobre la tarima, que es lo que definitivamente le ha despertado, ni siquiera le hubiera oído llorar.

Se levanta y agarra el móvil, un acto ya tan reflejo como el de abrir los párpados. Se dirige a la habitación del niño, que le espera sentado en la cama.

—¿Qué pasa, campeón? ¿No puedes dormir?

—¡Papá!

—¿Quieres que papi se acueste un poquito aquí?

—¡Api! ¡Api!

Luc señala el teléfono y Lucio entiende que le tiene que poner el vídeo del negrito ese que es tan feliz bailando por las calles, los supermercados y las vías del tren.

Lo descubrieron gracias a Marta. La primera noche que se quedó a cenar con los dos, el crío no paraba de llorar y era imposible cruzar más de dos palabras sin que fueran dirigidas a apaciguarle, entonces ella se levantó y fue a por su i-phone. Lucio creyó que se largaba. Tecleó rápido y le puso la pantalla delante: TAN-TAN-TAN-TAN, comenzó la canción y Luc cambió el llanto por el silencio atento. Marta sonrió orgullosa.

—¡No falla! ¡A todos los bebés les encanta este tío! ¡Seguro que es padre!

Y la cena mejoró notablemente, de no ser por las catorce veces seguidas que tuvieron que escuchar la cancioncita. Desde entonces, no había Marta y Luc sin "el Happy" de Pharrell Williams.

Aquella noche, mientras miraba el vídeo, recordaba lo frio que resultó su cuerpo envuelto en aquella bolsa, y fue consciente de que no volvería a experimentar su calidez ni a cabrearse por pensar que iba a dejarle.

Se preguntó qué sería de ahora en adelante Marta, a dónde le llevaría su recuerdo. Se quedó dormido.

—¿Sí? –contestaba al móvil que actuó como despertador la mañana del domingo.

—Lucio, soy yo. Ya la tenemos.

—¿Qué? ¿Quién es?

—Lucio…

Se frota los ojos y recupera la consciencia. Sostiene el teléfono con la mano izquierda mientras que siente el brazo derecho dormido debido al peso de Luc, que empieza a desperezarse.

—Isabel…estaba dormido…

—Normal, jefe, solo son las ocho, y domingo…Te llamo porque insististe en que lo hiciera según la tuviera en la mano. Acaba de llegar la autopsia de Marta.

—Voy para allá.

Cuelga y cambia el pañal a Luc, no pierde el tiempo en vestirle. Él se planta el pantalón que llevara el día de antes y la primera camiseta que sale a su encuentro cuando abre el cajón. La cara muestra las huellas de una noche inquieta.

Isabel exagera su asombro al ver llegar al jefe con Luc en un brazo y el carrito cerrado en el otro.

—¡Dame al niño!

—No tengo con quién…

—Lo sé…no caí en ello, yo me ocupo. La tienes encima de la mesa, impresa y en pen.

Tras deshacerse de los bártulos, entra en su despacho atusándose el pelo—acaba de caer en las pintas con las que ha salido de casa—. Cierra la puerta y mira los documentos que le esperan sobre el teclado del ordenador.

Se pregunta si de verdad tiene que hacerlo, porque podría pasar y salir de la investigación. *¿Tengo que hacerlo?* Oye la voz de Marta que le recuerda que deje de comportarse como un novio celoso porque no son novios.

Le vuelve a contabilizar los años de diferencia entre los dos, le hace de rabiar aclarándole que ella es una niña y él un tío maduro. La atrapa con fuerza entre sus brazos, le mordisquea la nariz, las mejillas, el cuello, hasta llegar a los pechos.

Ella se queja de manera juguetona y le dice que hasta sus preliminares son de padre, él sigue su camino hasta que logra excitarla y puede una vez más sentir la humedad de sus encuentros.

Madrid, a 18 de agosto del año 2014
8.00 AM
AUTORIDAD QUE SOLICITA: FISCAL TERCERA DE LO
PENAL.

RESUMEN: El cadáver presenta dos heridas de
tipo punto-corto-contundentes a diferentes
niveles sucesivos del área cervical, entre
C5-C6, siendo una de ellas la causante de
muerte violenta en la víctima.

EXAMEN EXTERNO: cadáver carente de
vestimenta en decúbito lateral forzado.
Sexo: Mujer
Talla: 1 m. y 65 cm
Peso: 58 kg.
Edad aparente: 25-30
Raza: caucásica
Biotipo morfológico: Ectomorfo

HORA DE LA MUERTE: Aproximadamente 15 horas
anteriores al estudio, no pudiendo concretar
dado que el cadáver presenta signos de
inicio de congelación, que en algunas áreas
dificulta el diagnóstico.

DESCRIPCIÓN:

Cráneo: pequeñas colecciones hemáticas
anteriores en 24 horas al momento de la
muerte.

<u>Cuello</u>: zona cervical con dos heridas de tipo punto-corto-contundentes a diferentes niveles sucesivos del área cervical, entre C5-C6, seccionando una de ellas la médula espinal.

<u>Extremidades</u>:

-Heridas sangrantes alrededor de sendas muñecas y tobillos, propiciadas por corte con objeto de plástico afilado (se presume brida).

-Colecciones hemáticas y marcas de arrastre en brazos y piernas que hacen sospechar el traslado de la víctima con vida en estado de pérdida de consciencia.

-Signos de depresión sanguínea en rodillas, indicadores de la postura de la víctima, arrodillada en momentos cercanos a su muerte.

<u>Orificios naturales</u>:

-Boca: se observa inflamación de labio superior por presencia de herida en la parte interna, se presume causada por el choque con la zona dental, así como pérdida de una pieza y ruptura de la colindante, posiblemente por contusión.

Tras realizar frotis en carrillos internos, se observa presencia de restos de líquido seminal.

-Vagina: Signos de violación reciente con restos seminales de dos varones diferentes, coincidiendo uno de ellos con el resultado del encontrado en la boca de la víctima.

Presencia de hematoma en la vulva con erosión en labios, presumiblemente causado por la introducción de un objeto cilíndrico duro (botella de vidrio).

DISCUSIÓN: la víctima fue violada por al menos dos individuos que dejan muestra de líquido seminal en boca (uno) y vagina (dos).

Asimismo, hay indicios de violación con objeto, se presume la boca de una botella.

Los pellizcos y signos de arrastre en brazos y piernas incitan a pensar que la víctima fue trasladada viva e inconsciente al lugar donde finalmente fue ajusticiada.

La muerte violenta fue llevada a cabo por un solo individuo que tuvo a la víctima arrodillada frente a él, con la cabeza agachada, asestándole tres puntadas con arma blanca en la zona cervical, a la altura de C5-C6, de manera semejante al descabello taurino.

Se presumen dos intentos fallidos que dejan marcadas las apófisis de ambas vértebras. Finalmente, la médula espinal es seccionada, ocasionando la muerte de la víctima.

<u>COTEJO DE PRUEBAS</u>: El equipo abajo firmante confirma la coincidencia de las pruebas siguientes:

A. **Del resto de líquido seminal** 1 encontrado en la vagina de la víctima con los pertenecientes a D. César Cordero Suárez, así como confirma también coincidencia con el resto del líquido seminal 2 presente en vagina y boca de la víctima, con los pertenecientes a D. Jesús Sánchez Sil.

B. **De las huellas dactilares presentes en sendas extremidades** superiores de la víctima, con las pertenecientes a D. César Cordero Suárez, así como confirma también coincidencia con las huellas dactilares presentes en extremidades inferiores, con las pertenecientes a D. Jesús Sánchez Sil.

C. **De las huellas dactilares presentes en el arma** punzante encontrada por las autoridades en el lugar del hallazgo del cadáver de la víctima, con las pertenecientes a D. Jesús Sánchez Sil.

Equipo Forense IIIA.
Dr. Moreno Cebrián
28/54736-1

Agradece los toques de Isabel llamando a la puerta.

—Llaman de la Jefatura. Te lo paso en veinte.

«*Te lo paso en veinte*» era la expresión que empleaban para pasar la llamada con veinte segundos lentos de margen, lo justo para respirar profundamente y atender la llamada «*fresquito*». Así que uno, dos, tres, cuatro…

***

—No mamá, paso, en serio…prefiero quedarme el verano y ya iré a verte en Navidad.

—Hija…nunca vienes en estas fechas y aquí también se está bien…algo más fresquitos…

—¿Algo más fresquitos? ¡Qué cachonda! ¡Vives en Noruega!

—Marta, nena…te lo pido por favor…

—No, lo siento…sabes que nunca me pierdo las fiestas y este año tampoco.

—Si es por ese chico, te lo puedes traer.

—¿Qué chico?

—Bueno…ese hombre…el policía…

—(Ríe) No me quedo por él, mamá, me gustan las fiestas del pueblo, ya lo sabes.

—No, no lo sé…en realidad no tengo ni idea de por qué te quedaste allí…Vivir en un pueblucho muerto, pudiendo estar con nosotros aquí…hija…no quiero enfadarme…

—Pues no te enfades, mamá, sabes que no me vas a hacer cambiar de opinión así que hablemos de otra cosa. ¿Qué tal Olger?

—Muy bien, gracias por preguntar. Le han ascendido, ahora es subdirector de no sé qué…gana el doble.

—¡Qué bien, me alegro!

—También te echa de menos.

—Seguro.

Que su madre volviera a rehacer su vida después de la muerte de su padre, era una circunstancia con la que Marta intentaba vivir, pero que desde luego, no hacía de manera natural.

Olger era un tipo majo, bueno, un noruego…grande, sonrosado y con las comisuras de los labios dadas de sí de tanto alargar su sonrisa. Le imaginaba así también en los momentos íntimos, encima de su madre, mirándola fijamente y sonriéndola a cada golpe de riñón.

Lo importante era que su madre había vuelto a la vida y *para qué negarlo, papá, parece más feliz de lo que fue contigo.*

—Nena…

—¿Qué, mamá?

—Pásalo bien en las fiestas, hablaremos en una semana…Vamos a hacernos un viajecito y queremos desconectar.

—Me parece lo suyo, mami.

—Te quiero, cuelgo entonces.

—Yo también te quiero, chau, beso.

Lo que mamá no le quiso decir a Marta por no hacerla sentir mal, ya que había decidido no pasar el verano en Noruega, y también la razón de que insistiera tanto, era que se iba a casar con Olger en una ceremonia íntima en la que le hubiera hecho mucha ilusión ver a su única hija.

El viaje para desconectar era una simbólica luna de miel por los fiordos, apenas unos cuatro días.

Cuando Lucio acabó su turno, después de encerrar a Matasantos en el calabozo, se quitó el uniforme y fue a casa de Ruti. Sus padres le recibieron confusos, no tenían ni la más remota idea de lo que pasaba ni de quién era él.

Tras la noticia, se sentaron con su díscola hija e intentaron consolarla, pero era triste y evidente la desconexión que existía entre ellos.

—¿Tere?

—Sí… ¿Quién eres?

—Soy Ruti…

—¡Ruti! ¿Cómo te va? Me pillas casi con las maletas en la puerta. Te comentaría Marta que Olger y yo nos hemos hecho un viajecito por los fiordos, nada, unos diítas, que nos apetecía, ya sabes… ¿Qué me cuentas? ¿Está Marta contigo? ¡Anda, pásamela!

—Tere…

—Dime, ¿no tienes a Marta ahí? Oye, Ruti, ¿pasa algo?

—Tere…

—¡Dime, coño! ¿Pasa algo?

Olger apenas llegó a recoger a su esposa que se agarró el estómago y clavó las rodillas en el suelo, imitando sin saber y tal vez guiada por una especie de intuición maternal, la postura con la que recibió la muerte su pequeña.

20

...diecisiete, dieciocho, diecinueve y...veinte.

—Buenos días.

—Buenos días, Magistrado Álvaro para teniente Sarraceno.

—Adelante, por favor. Gracias.

El vacío de máquina dio paso a una voz rota de hombre.

—Buenos días, teniente.

—Buenos días, Magistrado.

—En breve recibirá la orden por la que se suspende de manera definitiva la investigación por asesinato de Álvarez Sotero, Mónica. Le llamo personalmente por si precisa alguna aclaración. Esto va por correo certificado y no sé cuándo la recibirá exactamente...me marcho de vacaciones en cuanto cuelgue el teléfono.

—¿Cómo que se suspende? ¿Por qué? ¡Ha muerto una chica!

—Como refleja la orden, no hay cadáver.

—¡Hay un testigo! ¡Ha desaparecido una muchacha del pueblo! ¡No pueden dejarlo así!

—Se suspende la investigación por asesinato y se re-abre la investigación por desaparición.

—¡Eso es absurdo! ¡La chica está muerta! ¡Estos cabrones se han deshecho del cadáver!

—Teniente, le ruego vigile su lenguaje, no olvide que está hablando con una autoridad judicial. Siendo así, le recuerdo que la conversación está siendo grabada.

—…de acuerdo…disculpe…señor Magistrado, hay un testigo…

—No, no lo hay. La retirada del testimonio ha sido la principal razón para reestudiar el caso. Toda la información la obtendrá de la lectura del documento. ¿Tiene alguna duda más, teniente?

—…ninguna, Magistrado.

—Bien…Gracias por su atención y felices vacaciones en caso de que las disfrute ahora. Un saludo.

***

—Dame un abrazo, hijo, aquí vas a estar mejor.

—¿Seguro que podré contactar con la Tierra, padre?

—Seguro.

—Cuida de madre.

Lourdes apretaba las lágrimas con la intención de retenerlas, pero acababan asomándose por el rabillo del ojo, en clara acción de rebeldía. Finalmente, se lanzó a los brazos de su hijo perturbado mental y le besó por la frente, por las mejillas, en la boca, por el cuello.

—Ya está bien, madre. Sabíamos que esto iba a pasar. El Universo está en peligro y yo soy el elegido.

Alfonso miró al suelo, desconsolado por tener que escuchar otra patraña. Esta vez sintió alivio al pensar que no tendría que hacerlo tan a menudo.

Que aquella voz de mujer se identificara como miembro de la Comunidad de Madrid y le hablara de esa plaza interna en aquel centro de enfermedades mentales, le produjo un retortijón de alegría que casi le hace cagarse literalmente en los pantalones.

Luego se fueron los tres a pasear al Retiro, del que solo distaban un par de calles y el que hacía, sin embargo, más de tres años que no recorrían. Pasearon calmados, de la mano de su esposa él, como cuando eran felices, mientras aquel adulto de treinta y tantos, que era su hijo, seguía comportándose igual que los niños que corrían a esconderse detrás de los árboles.

—Me apetece un helado.

Hacía tanto que su esposa no expresaba deseos.

—Ahora mismo voy por él.

—No, voy yo. Es un capricho, tengo que ver el cartel para decidirme que si no acabarás trayéndome el que te apetezca a ti.

—¿Y eso es un problema?

Rieron y ella le cortó la carcajada con un beso en los labios. Le dejó sentado en un banco a unos diez metros del quiosco. Estaba tan ensimismado en su repentina felicidad que no reparó en el hombre que se había sentado a su lado hasta que este le habló.

—Preciosa mañana, ¿no cree?

Le miró sonriente.

—Desde luego, no sabe cuánto.

—La medicación no parece hacerle mucho efecto…

Sobresaltado cambió el gesto.

—¿Cómo dice?

—A partir de ahora tendrá muchos momentos de estos…de nuevo.

—No sé de qué me está hablando—dijo mientras se levantaba del banco—. ¿Quién coño es usted?

—Créame que no le conviene saberlo. Por favor, vuelva a sentarse, amigo, su mujer nos mira desde el quiosco y parece preocupada.

Alfonso obedeció.

—No le diré quién soy porque le repito que no le interesa, pero le aclararé que he tenido algo que ver con el hecho de que por fin hayan admitido a su hijo en el Instituto Floret de la CAM.

—¿Es usted médico?

—Uy… ¡no, no, qué va!

—Pues no entiendo nada, señor.

—Tutéame, Alfonso, por favor…después de lo que he hecho por tu familia…

—¡No entiendo nada! ¡Nosotros hemos solicitado la plaza por el método habitual, cada año desde que nuestro hijo enfermó!

—Y cada año se la han denegado, ¿no es así?

Abatido, bajó la mirada y volvió a sentarse.

—Esto tiene que ver con la denuncia que interpusiste la semana pasada, amigo…y que vas a retirar lo más tardar en 24 horas.

—¿Cómo dice? ¡No puedo hacer eso! ¡Vi a un tipo con el cuerpo de una mujer arrojándolo por una cuneta!

—No puedes hacerlo…bien…

—¡No pienso hacerlo! ¿A eso ha venido? ¿A intimidarme? ¿Qué es usted, un matón?

El extraño soltó una carcajada.

—¡Nooooo! ¡No, por Dios! ¡Soy casi lo contrario! Serénate, Alfonso, tu mujer ya viene hacia aquí.

Lourdes se acercaba guiñando los ojos, en un intento de enfocar mejor y deducir con quién hablaba su marido.

—Puedo ofrecerte algo a cambio de que retires el testimonio: tu felicidad.

Lourdes se puso delante, chupando su helado.

—¿Ya estás aquí?—se le ocurrió decir a Alfonso.

—¿No me ves?

—…eh…estaba charlando con este señor… ¡De lo humano y lo divino!

Ella volvió a sonreír y fue a sentarse al otro lado de su marido, el extraño se puso en pie antes de que le diera tiempo a moverse.

—Disfruten de la mañana, señora, yo ya me voy. Un placer.

Se alejó despacio sin girarse.

—¿Desde cuándo charlas tú con extraños? –preguntó divertida.

—Desde que me dan conversación – y la besó en la frente.

***

La puerta volvió a abrirse, cuarenta y ocho horas después de haber ingresado en prisión preventiva. César no entendió muy bien la megafonía cuando le dijeron el nombre de quien venía a visitarle, así que había acudido a ciegas.

En el módulo de comunicaciones, su incomprensión creció aún más cuando se lo encontró completamente vacío y en silencio. Las rejas se cerraron a su espalda y el funcionario le dijo que anduviera hasta el último puesto.

Se sentó inquieto y desconfiando de cada objeto que formaba parte de la escena, el teléfono, la silla, las lámparas de luz día.

Tomó aire y lo soltó con los ojos cerrados en tres breves ocasiones y esto pareció sortilegio suficiente para que la corredera del otro lado del cristal, gruñera y acabara abriéndose.

Lo primero que vio fue un hombre de unos cincuenta y tantos años, casi los sesenta, trajeado, completamente desconocido y detrás a Santi. Ambos tomaron asiento y Santi descolgó el teléfono, César descolgó también.

—Te presento a Ramón Menéndez, mi abogado. Estamos aquí porque queremos proponerte algo. Sé que no tienes quién te defienda en todo esto y…quiero ayudarte…Ramón puede ser tu abogado.

—Santi, tío… ¡Qué de puta madre!

—Espera, espera…esto no va tan fácil…debes hacer algo—apuntó Santi.

—¡Lo que sea! ¡Estoy jodido, tío…jodido!

Santi colgó el teléfono y se cambió de silla con el abogado. El reducido espacio hizo de la acción un titubeante baile de pingüinos, al que se esforzaron en poner fin todo lo rápido que les fue posible.

El abogado tomó asiento, posó su maletín en el mostrador y sacó unos folios y un boli. Descolgó de nuevo el auricular.

—Antes de nada quiero que sepas que esta conversación no está siendo vigilada, tampoco habrá constancia de ella una vez nos hayamos ido.

César volvió a observar el módulo, extrañado de las palabras que escuchaba y de lo solitario que se veía la sala. El letrado, conocedor de las sensaciones humanas, le brindó una mueca pícara al tiempo que hacía girar el boli entre el índice, medio y pulgar.

—Chico, créeme. ¿Tengo cara de estar empezando en el oficio? (sonrió). Como te decía, cuando mi cliente y yo salgamos de aquí, no dejaremos rastro. Eso también quiere decir que tú no hablarás de esto con nadie.

Esperó la aprobación gestual de César y continuó.

—Según mi información, que es la que tiene el juez, tu responsabilidad en toda esta mierda se extiende desde el secuestro de la chica, violación y su asesinato…

César interrumpió alterado.

—¡Un momento! ¡Yo no la maté! ¡Santi! ¡Sabes que fue Jesús!

Santi agachó la cabeza y dejó hablar a su abogado.

—Hay huellas tuyas en la víctima, antes de la muerte y después. Dado que el señor Sánchez Sil se encuentra en estado vegetativo y tú no tienes defensa, por el momento, auguro en un cálculo rápido que el fiscal te echará a los leones como cómplice, y te caerán fácil unos treinta años…como poco…

—¡Yo no lo hice! ¡Santi! ¡Habla, joder!

Santi se limitaba a mirar.

—Mi cliente no volverá a hablar en esta sala y tampoco lo hará en el juicio. No está implicado y quiero que siga así.

La furia le hizo dejar de sentir miedo y probó a enfrentarse.

—¡Pues lo va a tener jodido porque él está metido en esto tanto como yo! ¡Hicimos lo mismo! ¡Yo nunca secuestré a Marta!

—Sí…tengo entendido que fue una luna de miel preciosa (el tipo parecía divertirse) Todo esto que estás hablando es precisamente lo que vamos a cambiar…si es que sigues interesado en mi ayuda, claro…

César tragó saliva y regresó al refugio reconfortante de la derrota, dirigió su mirada al techo falso y luego al abogado. Aceptaba, claro.

—Vas a firmar una confesión que exime a mi cliente de toda participación en el secuestro y asesinato de la chica –dijo mientras golpeaba con el boli los folios que había sacado nada más sentarse.

—¿Pero, y el poli? ¿Tampoco va a declarar?

—¿Qué poli?—preguntó como si no supiera realmente de qué hablaba, lo hacía tan bien que Santi se inclinó para aclararle el dato al oído, le frenó sirviéndose de su palma bien abierta— ¡Aaaaaah! El teniente Sarraceno…ex teniente…acusado de homicidio en tentativa, suspendido de actividad y con un pie fuera del Cuerpo…no sé…yo creo que va a olvidar bastantes detalles de lo acontecido y al fin y al cabo, a él quien le interesa que esté entre rejas es el hijo de puta que secuestró a su novia y empezó todo esto.

—¿Qué me va a pasar?

—¿Con mi ayuda?

—Con su ayuda.

—Aquí explicas—volvió a golpear las líneas con el boli— que la chica y tú os enrollasteis en la feria, os largasteis a la playa y que al volver, hicisteis una paradita en la cabaña. Allí os encontrasteis a Jesús algo perjudicado, quiso tirarse a la chica, te propuso que la compartieras como habíais hecho otras veces, aceptaste y en medio de la fiesta aparece el poli; le metéis una paliza y Jesús dice que hay que cargarse a los dos.

»Tú no estás de acuerdo, os peleáis, te deja inconsciente de un golpe y se los lleva a su carnicería. Mata a la chica y cuando vuelve a por el poli, pasa lo que ya sabemos. Tu violación no está probada, pudo ser relación consentida, el secuestro también es discutible, no hay asesinato e intentas evitar las dos muertes…esto te hace parecer un chico bueno (le guiña un ojo).

—¿Qué pasa con la otra chica?

El letrado hace un gesto de hastío que comparte con Santi.

—Aquí no hay más chicas,—una vena comienza a engrosarse en la frente del letrado—solo tienes que firmar…

Después salieron de la prisión sin que al parecer, ninguno de los quince funcionarios que trabajaban en el turno les viera, oyera o lo que fuese, tal y como había advertido el abogado.

***

Cuando el topo de la comisaría de Álamos le llamó para comunicarle que habían encontrado el cadáver de Rudo, Miguelo no sintió pena, sino más bien responsabilidad. Ahora era la pieza principal del negocio.

En cuanto al tema que le ocupaba en el momento, arreglar la cagada de los chicos de Álamos, la pericia de papá, socio y fundador de uno de los despachos más destacados del país, le vino de perlas. A cambio, solo tuvo que organizar una fiestecilla privada, meses después, para sus compañeros de despacho.

Santi quedó en libertad sin cargos porque no apareció ninguna prueba que le implicara en el caso de la muerte de Marta. En relación con la desaparición de Mónica, sin la declaración del testigo, solo había que esperar unos años para que las pruebas de rastro de sangre perdieran validez, y tal y como insistió Don Ramón, *se perdieran entre el papeleo de algún juzgado.*

Solo pidió que le dejaran salir de la red para volver a su vida de recién casado, a cambio no hablaría ni volverían a tener noticias suyas. Su deseo fue concedido y así, once meses después, Elvi dio a luz a su primer hijo, una preciosa niña.

Al cogerla entre sus brazos por primera vez, sintió un escalofrío que circuló sin interrupciones por el largo de su cuerpo hasta producir un pequeño estallido en la base de su cráneo. Con una palidez repentina que los presentes interpretaron como consecuencia de la emoción, miró a Elvi y con la voz temblorosa le dijo:

—Nena, he pensado que vamos a vender la casa de Álamos y comprarnos algo en la playa…no quiero que mi princesa se quede encerrada en el pueblo.

***

En cuanto a Lucio, nunca pensó que Paco fuera de los hombres que se muerden las uñas, por eso cuando le observó apurando sus anejos con precisión, sentado en el camastro de la celda, pensó que las personas nunca revelan del todo la madera de la que están hechas.

—Paco, no tengo buenas noticias.

Paco se incorporó como un resorte sin llegar a identificar la voz, por eso, en la penumbra de la media tarde de aquel sótano, sus ojos hurgaron en la falta de luz para encontrarle.

—Lucio…

El teniente se agarró a los barrotes de la celda.

—Han suspendido la investigación de la muerte de Mónica…no ha aparecido el cadáver, el juez no considera que haya habido un crimen y…por lo visto, el testigo ha retirado su denuncia.

Paco escuchaba en silencio, su rostro no dejaba ver en él intención alguna de interrumpir a Lucio.

—Añadirán su nombre a la lista de desaparecidos y anularán las investigaciones y declaraciones de los sospechosos…es…como si no tuviéramos nada…Lo siento…

Matasantos llevó sus ojos al suelo y esbozó una sonrisa que hizo más intensa al tiempo que fue elevando la mirada hacia el teniente.

—Yo tengo paz, Lucio.

—Paco…vas a ir a la cárcel probablemente por muchos años.

—Ya…pero no me voy a sentir preso…Tuve la fortuna de encontrarme de cara con el asesino de mi hija y matarle con mis propias manos.

—En realidad, nadie sabe quién es ese hombre al que mataste, Paco…no hay pruebas de ningún tipo que le relacionen con la desaparición de Mónica.

—Teniente, yo soy padre, las pruebas esas de las que hablas a mí no me dicen nada…Yo escucho a mis tripas…ellas me llevaron hasta el cabrón que me quitó a mi pequeña y me dieron el valor necesario para vengarla.

»He dormido toda la noche de un tirón, con las manos manchadas de sangre y el corazón sereno.

Ya fuera del cuartel, Lucio se subió a su coche y buscó las gafas de sol que solía guardar en la guantera. Metió la mano en el hueco y palpando apostó por encontrarlas.

Al distinguir la patilla, tiró de ella y esto hizo que la escoltara un montón de posit de colorines de los que se había olvidado por completo.

Sintió un mordisco feroz en el alma, que había localizado gracias a los últimos acontecimientos a la altura de su clavícula izquierda.

El recuerdo provocó una flojera traidora en la totalidad de su cuerpo: su coche cubierto de estos papelitos el día que cumplía un año de haber comenzado su relación con Marta.

Todos estaban escritos o dibujados. En uno se leía «¿FOREVER?»; en otro, «LOVE GAMES SEX GAMES»; «MACIMADERO»; corazones tachados; labios enormes figurando besos gigantes; señales de tráfico; y uno que no le sonaba haber leído y que desde la alfombrilla, casi sepultado por más papelitos fluorescentes decía: «NO SÉ HACIA DÓNDE VAMOS, TENIENTE, DE MOMENTO CONDUCE Y YA TE DIRÉ CUÁNDO ME BAJO.»

Así qué metió la marcha, aceleró y hubiera dejado la carretera desierta, de no ser por aquel agosto terco y ese sol de criminales.

0

La última noche de fiestas solía ser la más aprovechada por los quintos. Al fin y al cabo, solo protagonizaban un verano, después, serían excepcionales aquellos grupos que mantuvieran el contacto y mucho menos, la tradición de reunirse para conmemorar los aniversarios.

Jorge exprimía su peta sin quitar los ojos de las tetas prominentes de la prima de El Tuerto. Estaba tan ensimismado que no se percató del tipo que se había colocado a su lado, apoyado en la barra, hasta que creyó escucharle.

—¿Qué dices, tú?

—Comparte una calada, tío, tengo algo que proponerte.

Le había visto más veces en el bar de la estación, no muchas, con el Víctor, lo recordaba, el pijo que siempre bebía Coca-Cola.

Su instinto le prohibía fiarse de los tíos que no beben alcohol, pero tenía por costumbre abrir bien las orejas a las propuestas, nunca se sabe quién puede ayudarte a ganarte la vida. Cuando vives en un pueblo, las oportunidades vienen contadas.

Así que le ofreció el peta y esperó la historia, atento. Algo había oído de los trapicheos de los Forja—como apodaban a la panda de Víctor— así que no hizo muchas preguntas, intercambiaron los números de móvil y estrecharon sus manos.

—Solo una cosita, Miguel…

—Llámame Miguelo.

—…como quieras…A mí me gusta cerrar los tratos con una birra, no con esa mierda que bebes.

Miguelo respondió con una carcajada y se dirigió al camarero.

—¡Dos tercios!

Brindaron y los vaciaron en un par de tragos, sin volver a hablarse.

¿QUIÉN MATÓ A TÍO ANTONIO?

A Antonio se le vio muy desmejorado cuando regresó al pueblo, lo comentaba la gente. Solía aparecer entre semana, llegaba sobre las ocho de la mañana, aparcaba en la estación, entraba a la cafetería y se pedía un café con dos churros.

Lo tomaba sentado en la mesa más alejada de la barra, donde pocos recaían en su presencia. Llevaba consigo una carpeta pequeña, del tamaño de una cuartilla, un par de folios y un bolígrafo. Hacía dibujos y apuntaba, muy concentrado.

A veces se quedaba embobado estudiando a algún oriundo y otras veces, respondía incómodo a los saludos de sus antiguos vecinos. Como a la media hora, recogía despacio, dejaba unas monedas al lado del café y se marchaba, con un gesto tímido de despedida.

El único domingo que se aventuró a presentarse en Álamos, se encontró con su cuñada nada más salir del coche. Josefa hablaba con una mujer que subía al autobús detrás de ella, por eso estaba medio girada, gesticulando con energía hasta que se quedó muda al verle.

—¿Antonio? ¡Antonio!

Los gritos resonaron por todo el aparcamiento y él la miró, paralizado. Repasó interiormente la excusa que había preparado por si se daba esta situación, forzando una sonrisa que se negaba a ser tal.

A tan solo un par de metros avanzando decidida y feliz, mientras le hacía ademanes de sorpresa con sus enormes manos de hombre con uñas esmaltadas, Antonio se metió de nuevo en el coche. Arrancó y la dejó allí, tiesa y alucinada en medio del recinto.

Por el retrovisor vio que fueron unos cuantos segundos los que tardó en reaccionar y que su boca se quedó abierta. Ninguno comentó jamás el episodio.

No entraba en el cometido de Antonio dar explicaciones a nadie sobre sus visitas al pueblo y para la madre del teniente, fue un agravio imperdonable.

—¡Josefa! ¿Ese no era tu cuñao? ¡Pues te ha dejao más compuesta que un ocho!

Josefa se agachó a recoger su bolso, que había aterrizado en la grava soltando el monedero y el billete de vuelta a Madrid y recuperó sus objetos con el pulso temblando por la vergüenza. No volvió a abrir la boca en la hora y media que estuvo esperando al siguiente autobús.

La mano que le dejó el café en la mesa, le hizo salir de su ejercicio de notas y esquemas que garabateaba en rojo en la cuartilla desgastada. Levantó la cabeza y vio a una mujer joven, ataviada con el uniforme de cocinera y una redecilla en el pelo.

Distinguió la inseguridad de sus gestos y el temblor de sus pupilas que oscilaban veloces como en un juego de pinball desquiciado. Se dirigió a ella con la intención de calmarla.

—¡Vaya! ¡Por fin una cara guapa para acompañar el café!

—El jefe se ha quedado encerrado en el baño…ya sabe lo que ocurre con los cafés de la mañana…

Antonio sonrió y ella se marchó sin añadir nada más a su sonrisa carnosa y fucsia. Sin embargo, casi no pudo controlar la flojera de las rodillas, una vez regresó a la cocina, y apretó el blíster de pastillas que acababa de vaciar en la taza de Antonio.

Lo llevaba haciendo desde hacía tres mañanas, por encargo de aquel hombre gigante que le ofreció tanto dinero.

—No te preocupes por nada. Solo haz lo que te pido y nadie te pedirá cuentas.

El estómago se le revolvió y empezó a ver borroso, trató de agarrarse al mostrador y arrastró una suerte de cubiertos que llenaron de ruido la sala.

—¿Te encuentras bien, Rosaura? —se alarmaron sus compañeros.

—…Sí…no ha sido nada, ya estoy mejor.

Respiró profundo y fue recogiendo una a una las piezas. Volvió a su trabajo.

El hombre amable al que debía quitar del medio no regresó. A cambio, una tarde, al hacer la caja durante la última media hora de la jornada, un fajo de billetes envuelto en papel de periódico apareció abandonado en una de las mesas, indicándole el final de su encargo.

FIN

Agradecimientos

Acabar tu primera novela es un esfuerzo titánico. Comenzar tu carrera como escritor lo es mucho más y en qué medida. Creo firmemente que el relato de un crimen no debe dedicarse, por eso he preferido añadir esta página de agradecimientos a todas aquellas personas que me han permitido crear el universo de mi trilogía, *Perfil Psicópata*, en su primera entrega, *El Diablo en su Escondrijo*.

Y no me refiero a los que hayan podido inspirar a sus personajes, sino a aquellas almas reales que han permanecido en mi vida con la intención de apoyarme en el proyecto.

Así quiero agradecer a mis padres que hayan aceptado por fin mi condición de cuenta-cuentos. No olvidaré nunca que me hacías imprimir mis poemas para regalárselos a tus clientes, así se llevaban chuletillas, filetes y sonetos. Gracias, Papá.

Mami, tú me has protegido a cada regreso y eso me ha dado el aliento que necesitaba para seguir adelante, no existen las anécdotas para las madres porque lo son todo: Gracias.

Me crie siendo la única chica entre dos hermanos y a ellos les debo muchas risas, algún que otro llanto, el béisbol en el campo de fútbol, mi primer secuestro (¡Hacer memoria, capullos…!), mis juegos en la Dehesa de Moralzarzal (¡No edifiquéis, por favor!), la grabación de nuestro primer LP (¿Por qué lo dejamos? No lo hacíamos tal mal…).

Tantos recuerdos que nos unirán para toda la vida aunque estemos lejos, por no hablar de esa misma sangre que recorre nuestras tripas. Gracias, Mario. Gracias, Titi.

Del excéntrico dúo que formaban mis tíos, solo uno ha podido disfrutar mis pequeños logros. Le llevé a recoger mi reconocimiento finalista del Antoniorrobles (sé que te acuerdas).

Siempre que saco alguna edición impresa de lo que sea, comprueba la calidad del papel, frotándolo con la yema de sus pulgares, doblando sus esquinas y tasando el peso—lo que deja haberse dedicado a la imprenta—. Dice que soy su Agatha Christie: Gracias, tío Jesús.

A mi tío Josemari, Chema, le debo una historia de las que hacen temblar el estómago, que algún día escribiré, aprovecho para prometerlo. Él me quitó de la cabeza mi primera intención de estudiar Veterinaria y sin saberlo, me empujó al Periodismo, a escribir. Gracias, tío. ¡Tanto tiempo echándote de menos! Sin duda, hay muertes más malditas que otras.

Hace no mucho formé una familia, la propia, con su librito y todo: mi imperfecto marido, mi preciosa hija y mi bombón perruno. Al hombre que se casó conmigo le debo el levantarme cada día y poder dedicarme a lo que siempre he querido, además es generoso hasta no conocer límites, bueno y gritón (casi, casi como yo). Gracias, Carlos.

Mi niña cambió el descanso nocturno por pequeñas siestecitas inesperadas que yo aprovechaba para escribir. Después, según fue creciendo, se sentó en mis rodillas para intentar comprender lo que hacía, me ofreció el deseo de que un día llegue a sentirse orgullosa de lo que hago. Gracias, mi amor.

A Tata, mi perrita, la tengo hecha un ovillo, detrás, mientras escribo estas líneas. Es mi compañera y casi, casi, mi hija mayor. Gracias, Tata.

De todos los géneros que podría haber elegido, sé que la novela negra cercana al *hard boiled* ha sorprendido a los que me rodean, también a mí, pero ¿lo elegí o me eligió?

La literatura me salvó la vida. Leer y sobre todo escribir me enseñaron a levantarme de las caídas, a esperar un cambio, a buscarlo. A despertar en otros el respeto por lo que sabía hacer, por el talento que todos llevamos dentro. La literatura me hizo valiente.

Hoy pienso en aquella niña que fui, sentada sola en el patio del cole, leyendo un romancero castellano y quiero agradecerle que fuera tan fuerte y que supiera esperar. ¿Lo ves? Al final éramos afortunadas.

Mi abuela Josefina me agarraba las manos y me las estrechaba fuerte, decía:

—Mi nieta será escritora…escritora y universitaria…

Va por ti, abuela.

Sobre la autora y su trilogía Perfil Psicópata

Con *Perfil Psicópata* pretendo indagar en las diferentes posibilidades de la maldad humana, zambullir al lector en las secuencias criminales a las que un personaje, Lucio Sarraceno, Teniente de la Guardia Civil, irá topándose en el ejercicio de su vida.

En *El Diablo en su Escondrijo*, un grupo de muchachos aparentemente «buenos hijos» nos hacen plantearnos las eterna pregunta «¿Cómo puede alguien hacer algo tan terrible? Si era un chico normal…»

Pero la pregunta puede hacerse elástica «¿Están solos? ¿Pertenecen a algo más gordo?». Un hilo que queda suelto, picando la conciencia del lector y alimentando al resto de entregas.

Alma Diego es periodista y escritora. Hasta el momento ha publicado poesía, ***Cuando seas Otro*** (Ediciones Antígona), y se ha especializado en la composición de relato, siendo elegida como finalista en la edición 2016 de Cartagena Negra con ***Dormir Solo***.

Elescritordigital.com es su blog de autor y puedes encontrarla también en las redes sociales: **Almamara7** en Twitter e Instagram y **alma.dediego** en Facebook, así como su página, **El Escritor Digital**.

Síguela en sus perfiles sociales, le encantará charlar contigo y conocer tu opinión sobre su trabajo.